FISCHER SAUERLÄNDER

AF771624

© privat

Nelly Möhle liebte es als Kind, durch den riesigen Garten ihrer Großeltern zu streifen und sich Geschichten auszudenken. Zwischen Rosenranken und geheimnisvollen Tannen ließ sie ihrer Phantasie freien Lauf, und irgendwann begann sie, ihre Geschichten aufzuschreiben. *Der Zaubergarten* ist Nelly Möhles erste Kinderbuchserie und landete mit dem ersten Band sofort auf der ›Dein-SPIEGEL‹-Bestsellerliste. Die Autorin lebt mit ihrer Familie, einem Hund und einer hundertjährigen Schildkröte in Offenburg.

© Klaus Renner

Eva Schöffmann-Davidov, Jahrgang 1973, ist eine der renommiertesten Kinder- und Jugendbuchillustratorinnen Deutschlands. Nach ihrem Studium an der Fachhochschule für Gestaltung in Augsburg machte sie sich in der Kinder- und Jugendliteratur schnell einen Namen und gewann zahlreiche Preise für ihre Gestaltungen. Als Fachhochschuldozentin gab sie ihr Wissen und ihre Erfahrung auch an junge Künstlerinnen und Künstler weiter. Heute illustriert sie Kinderbuchserien und Jugendbücher unter anderem von Bestsellerautorinnen wie Kerstin Gier oder Tanya Stewner. Die Illustratorin lebt mit ihrer Familie in Augsburg.

Weitere Informationen zum Kinder- und Jugendbuchprogramm von Fischer Sauerländer auf *www.fischer-sauerlaender.de*

zauberhafte
Dieses Buch gehört:

Nelly Möhle

Der Zaubergarten

Überraschungen haben Fell

Mit Bildern von

Eva Schöffmann-Davidov

FISCHER SAUERLÄNDER

Alle Bände der Serie *Der Zaubergarten*:
Band 1: *Geheimnisse sind blau*
Band 2: *Abenteuer können fliegen*
Band 3: *Überraschungen haben Fell*
Band 4: *Freundschaft macht lustig*
Band 5: *Wunder blühen bunt*
Band 6: *Ferien bringen Glück*

MIX
Papier | Fördert gute Waldnutzung
FSC® C083411

4. Auflage 2024
Erschienen bei Fischer Sauerländer

© 2020 Fischer Kinder- und Jugendbuch Verlag GmbH,
Hedderichstraße 114, D-60596 Frankfurt am Main
Dieses Werk wurde vermittelt durch die
Michael Meller Literary Agency GmbH, München
Umschlaggestaltung: Eva Schöffmann-Davidov
unter Mitarbeit von Norbert Blommel, MT-Vreden
Umschlagillustration: Eva Schöffmann-Davidov
Satz: Dörlemann Satz, Lemförde
Druck und Bindung: CPI books GmbH, Leck
ISBN 978-3-7373-4189-9

Für Mémé und Pépé

Inhalt

Hallo! Ich bin Tilda. Und ich habe dir vor kurzem meine unglaubliche Geschichte erzählt. *Eine* unglaubliche Geschichte? Ach was! Meine Freundin Anni und ich erleben gerade ein Abenteuer nach dem anderen. Und das liegt an Herrn Bovist und seinen Zauberblumen. Der alte Mann lebt mit seinem Hund Rupert in einem sehr, sehr großen und wildbewachsenen Garten. Dort züchtet er Blumen. Aber nicht irgendwelche Blumen, wie man sie bei *Blumen-Einstein* um die Ecke kaufen kann. Nein, Herr Bovist züchtet *Zauberblumen*: Wenn man zum Beispiel an ihren wunderschönen Blüten riecht, erlebt man die tollsten Sachen!

Und die letzte unglaubliche Geschichte, die Anni und ich erlebt haben, will ich euch jetzt erzählen. Sie ist uns wirklich *genau so* passiert. Echt und ungelogen!

Dieses Mal fängt meine Geschichte mit Kalli an. Dem größten Zauberhasen aller Zeiten.

Ich muss mit dem Erzählen an einem Sonntag beginnen. Anni und ich waren gerade auf dem Weg zu Herrn Bovist. Weil heute endlich, endlich unser Zauberblumenunterricht beginnen sollte. Und gerade, als wir in die Scheffelstraße einbogen, machte es plötzlich neben mir »Pscht!«.

Aus dem Gebüsch starrte mich ein Panda an. Vor Schreck verschluckte ich mein Melonenkaugummi.

»Aaah!«, machte Anni.

Natürlich war das in echt kein richtiger Panda. Sondern ein Junge. Aber sein Gesicht war komplett hinter einer Pandamaske versteckt.

Die Pandamaske tönte: »Hier im Gebüsch sitzt Kalli, der Riesenhase.«

Anni und ich beugten uns vor. Und was soll ich sagen: Dort saß der größte Hase, den ich jemals gesehen habe. Ein Monsterhase sozusagen. Mit strubbeligem, weißem Fell und sehr, sehr langen Ohren. Oh, wie war der schön.

»Hallooo!«, sagte ich zum Hasen. Der Junge mit der Pandamaske stand jetzt auf dem Gehweg. Er war größer als Anni und ich. Und er trug ein Fußballtrikot.

»Passt bitte auf Kalli auf«, sagte der maskierte Junge. »Sonst holt ihn der Fuchs!«

Kalli riss vor Schreck seine blauen Augen auf. Und dann drehte die Pandamaske sich um und galoppierte in einem Höllentempo die Straße runter und um die Ecke.

»He, du!«, rief ich hinter ihm her. Aber weg war er.

»War das der berühmte Sänger mit der Pandamaske?«, fragte Anni und kratzte sich am Bauch.

Das glaubte ich eigentlich eher nicht.

»Komm!«, lockte ich den mächtigen Hasen. Der hatte ein Löwenzahnblatt zwischen den langen Schneidezähnen. Im Eiltempo verschwand es in seinem zuckenden Maul. *Ratatata.* Hasen haben wirklich fiese Vorderzähne. Die will man nicht in der Hand stecken haben. Vorsichtig fasste ich Kalli trotzdem unter seinen kuschelweichen Bauch. Er mümmelte einfach weiter. Auch als ich ihn ganz langsam in die Höhe stemmte, zuckte er nur kurz mit seinen langen Hasenohren.

»Mein lieber Scholli!«, stöhnte ich. »Du wiegst ja mehr als Floh!«

Floh ist Tante Ilses Dackel. Und gegen den dicken Kalli war Floh wirklich leicht wie ein Floh.

Endlich hing Kalli in meinem Arm. Mucksmäuschenstill.

»Und jetzt?«, fragte Anni.

Tja.

»Ich glaube nicht, dass Mama einen Riesenhasen bei mir im Zimmer wohnen lässt«, stellte ich fest.

»Und meine Mama hat eine Fellallergie«, sagte Anni und kraulte vorsichtig den Hasenrücken.

»Wir können ihn aber auch nicht im Gebüsch lassen«, sagte ich. »Du hast ja gehört: Da kommt am Ende noch der Fuchs und verspeist den Hasen mit Haut und Haar.«

»Dann bringen wir ihn einfach im Schuppen unter«, schlug Anni vor. »Bis der Panda wieder auftaucht.«

»Genau!«, rief ich begeistert. Meine Freundin Anni hat einfach immer die besten Ideen!

Also schleppte ich den kuschelweichen Riesenhasen

die Scheffelstraße entlang bis in den Garten von Oma und Opa.

Der Schuppen ist unser Geheimversteck ganz hinten im riesigen Garten meiner Großeltern. Und aus diesem grünen Holzschuppen räumten Anni und ich wenig später den runden Tisch und die roten Kinderhocker.

»Ein großer Kalli braucht Platz«, erklärte ich Anni.

»Warum lässt der Pandajunge seinen Hasen im Gebüsch?«, fragte Anni.

»Das versteht kein Mensch«, antwortete ich. »Aber ich glaube, wir werden es noch erfahren!«

Anni und ich rupften unglaublich viel Grünzeug und bereiteten dem Hasen ein Grasbett im Schuppen. Richtig gemütlich sah es aus. Jedenfalls für einen Hasen. Und fuchssicher war es hier auch.

»Und jetzt müssen wir auch los«, sagte ich. »Herr Bovist und Rupert warten auf uns.«

Schnell wie die Wildpferde galoppierten wir zur Obstbaumwiese. Annis schwarze Pantherhaare flatterten als lange Mähne hinter ihr her.

Der Garten von Oma und Opa ist riesig. Wie in einem Park schlängeln schmale Wege sich zwischen kleinen Wiesen, Bäumen und Büschen hindurch. Und neben einem prächtigen Rosengarten gibt es auch eine Obstbaumwiese. Dort steht die alte, lange Holzleiter, mit der Opa Äpfel, Kirschen und Birnen von den Bäumen holt.

Von Oma und Opa war nichts zu sehen.

»Wahrscheinlich machen sie noch ihr Mittagsschläfchen!« Unbemerkt schleppten wir die Leiter zum Schuppen. Dort lehnten wir sie an die große Gartenmauer. Der Garten von Herrn Bovist liegt nämlich direkt hinter der hohen Mauer. Eigentlich darf niemand auch nur über die große Mauer in den Nachbargarten *schielen*. Über die Mauer zu klettern ist strengstens verboten.

»Wer da rüberklettert, ist verloren«, behauptet Tante Ilse immer. Dabei stimmt das gar nicht. Denn Herr Bovist ist unser Freund. Und sein Hund Rupert auch. Aber nur Anni und ich kennen ja auch die ganze Wahrheit über die beiden!

Ich kletterte als Erste die wacklige Leiter hoch und stellte mich auf die breite Mauer aus roten Steinen. Anschließend kraxelte Anni flink Sprosse für Sprosse nach oben. Trotz eingegipstem Arm. Den hatte sie sich bei einem unserer letzten Abenteuer gebrochen. Der blaue

Gips war schon ganz schön dreckig, musste aber trotzdem noch am Arm bleiben.

Dann zogen wir die Leiter nach und ließen sie auf der anderen Seite in Herrn Bovists Garten hinab. Und endlich, endlich standen wir im grünsten Grün.

Herrn Bovists Garten ist ein wildwuchernder Dschungel. Die Büsche und Bäume stehen dicht an dicht. Auch dieses Mal schlängelten wir uns um die Baumriesen herum, kletterten über umgestürzte Stämme und zwängten uns zwischen Büschen und Farnen hindurch bis zu einer kleinen Lichtung. Auf der funkelte bei diesem Sommersonnenschein das kleine Gewächshaus wie ein Diamant.

Wouuu!, kam es aus dem Tannenwäldchen. Und dann trabte der größte Hund aller Zeiten auf uns zu.

»Ruuupert!«, rief ich.

Der graue Riesenhund tanzte schwanzwedelnd um uns herum. Ich kraulte sein Kinn und das Brustfell. So mag er es am allerliebsten.

»Hallo, du oller Wurstschädel«, sagte Anni aus sicherer Entfernung. Sie hat nämlich Angst vor Hunden. Vor allem vor so großen wie Rupert.

»So«, sagte ich zu meinen Freunden, »auf zu Herrn Bovist!«

Also wanderten Anni, Rupert und ich durch das dichte Tannenwäldchen bis zur anderen kleinen Lichtung. Auf der steht Herrn Bovists Hexenhäuschen. In echt wohnt da natürlich keine Hexe, sondern eben Herr Bovist. Aber es sieht mit seinem spitzen Dach, dem großen Schornstein und den kleinen Sprossenfenstern aus wie das Hexenhaus von Hänsel und Gretel, nur ohne Lebkuchen dran.

Herr Bovist saß mit geschlossenen Augen auf der Vordertreppe und hielt das runzelige Gesicht in die Sonne. Seine Haare bauschten sich wie Watte und leuchteten in der Sonne zuckerweiß.

»Huhuuu!«, rief Anni und winkte. »Herr Bovist!«

Herr Bovist lächelte, ohne seine Augen zu öffnen. »Da seid ihr ja endlich!«

Nur wenig später quetschten wir uns alle in Herrn Bovists Arbeitshäuschen. Es steht direkt neben dem Hexenhaus. Und es sieht auch genauso aus, ist aber viel, viel kleiner.

»So«, sagte Herr Bovist und hängte seinen großen brau-

nen Mantel über den Schreibtischsessel. »Ich begrüße euch zu eurer ersten Unterrichtsstunde.«

Ein paar kleine Glückskäfer wuselten durch meinen Bauch. Wir hatten unsere erste Unterrichtsstunde schon einmal verschieben müssen. Weil da ein Abenteuer in die Quere gekommen war. Aber heute sollte es *endlich* losgehen!

»Wir starten mit einem praktischen Teil«, fuhr Herr Bovist fort. »Schließlich benötigen wir Anschauungsmaterial. Deshalb dachte ich, dass wir damit beginnen, ein paar ausgewählte Samen zu pflanzen.«

Anni und ich guckten uns an. Und jubelten los. Wir hatten nämlich befürchtet, dass unser Unterricht bestimmt mit dem Lesen des dicken Familienzauberbuches starten würde.

»Und welche Zauberblumen pflanzen wir?«, fragte Anni. Ihre blauen Augen funkelten.

Herr Bovist lächelte. »Welche Zauberblumen würdet ihr denn gerne anpflanzen?«

Da musste ich nicht lange überlegen. »Ludmilla!«, rief ich. »Oder Ludmillo!«

Die Unsichtbarkeitspflanze Ludmilla war meine absolute Lieblingsblume. Wenn man an ihrer wunderschönen blauen Blüte roch, wurde man unsichtbar. Echt und ungelogen! Schon zweimal hatte ich eine als Hausblume. Und weil die zweite Blume eindeutig ein sehr behaartes Männchen war, hieß sie eben Ludmillo.

Jetzt lachte Herr Bovist. »Das hätte ich mir ja fast denken können«, sagte er. »Und du, Annemarie? Mit welcher Blume möchtest du beginnen?«

Anni kratzte sich am Bauch. »Im Zauberbuch habe ich eine Blume gesehen, die hat ganz runde Blüten. Und wenn man an einer davon riecht, soll man klettern können wie ein Eichhörnchen. So richtig von Ast zu Ast hüpfen!«

Herr Bovist nickte mit dem Kopf. »Diese Blume gibt es in der Tat. Eine gute Wahl, Annemarie.«

Ich fand die Wahl auch richtig, richtig gut. Vor allem, da Anni schon so gerne als Spinne die Mauer hoch- und runtergeflitzt war. Dank des Spinnenzaubers. Es war bestimmt noch lustiger, blitzschnell durchs Baumgeäst zu springen.

»Ich wollte schon immer mal richtig toll klettern können«, raunte Anni mir ins Ohr, als Herr Bovist sein dickes Familienblumenbuch aus der Schreibtischschublade wuchtete. »Wie Finn und Jonas. Oder eben *noch* besser! Wie der kleine Eichhörnchenflitzer im Kastanienbaum auf dem Schulhof.«

O ja, das wäre bestimmt ein großer Spaß!

»Kannst du mit deinem Gipsarm überhaupt von Ast zu Ast springen?«, musste ich aber noch fragen.

»Der doofe Gips kommt diese Woche sowieso ab«, antwortete Anni.

Dann zeigte Herr Bovist uns, wie man die Blumen, die man sucht, auch schnell unter den tausend abgebildeten Pflanzen findet. Vielleicht sind es auch nur zweihundert verschiedene Zauberblumen. Ich habe sie noch nicht gezählt.

»Jede Zauberblume hat eine Nummer«, erklärte Herr Bovist. »Diese Zahl braucht man, um anschließend die gewünschten Samen im Labor zu finden.«

Also suchten Anni und ich als Erstes unsere Pflanzen im

Zauberbuch. Die Unsichtbarkeitspflanze fand ich schnell. Annis Eichhörnchenblume war ein schwierigerer Fall. Aber endlich hatten wir die richtige Seite aufgeschlagen.

Ich las: »*Riecht man an einer der runden, dunkelroten Blüten, schießt eine ungeheure Kraft in die Beinmuskulatur. Das Gewicht des Gesäßes verlagert sich etwas nach hinten und stellt bei einem Sprung das Gleichgewicht her. Wichtig: Die wildwuchernde Kletterpflanze sollte nicht gekürzt werden, da nicht vorhersehbar ist, an welchem Trieb eine der Blüten mit Zauberkraft wachsen wird.*«

»Heißt das, man bekommt einen großen Popo?«, fragte Anni.

»Nicht direkt, jedenfalls soweit ich mich erinnern kann«, antwortete Herr Bovist und kratzte sich am Kopf.

»Ist ja auch egal«, sagte Anni. »Der Samen hat die Nummer sechsundfünfzig.«

Das kleine Arbeitshäuschen besteht aus einem winzigen Arbeitszimmer, das mit dem großen Schreibtisch vor dem kleinen Fenster und den Bücherregalen an den Wänden schon komplett voll ist. Eine schmale Tür führt jedoch noch in ein winzig kleines Zimmerchen. Herr Bovist nennt es *Labor*. Darin steht ein riesiger Holzschrank mit vielen, vielen kleinen Schubladen. In den Schubladen stecken Papiertütchen. Und in den Tütchen sind die Samen ver-

staut. In diesem Schrank suchten wir jetzt das Tütchen mit der Nummer sechsundfünfzig. Und das, in dem die Samen der Unsichtbarkeitspflanze stecken. Vorsichtig nahm ich einen weißen und wunderschön schillernden Samen aus dem kleinen Tütchen.

»Wie eine Perle an Omas Perlenkette«, sagte ich.

Herr Bovist nickte. »Ich werde auch einen Samen einpflanzen«, erklärte er und zog eine Schublade ganz weit oben im Schrank auf. »Den Samen einer Blume, die einem unglaubliche Kraft schenkt. Als über achtzigjähriger Mann kann ich die immer brauchen.«

Ich betrachtete Herrn Bovist. Wie ein Wiesel flitzte er herum. »Du bist doch topfit«, sagte ich.

Herr Bovist strich sich über seinen wirren Haarschopf. »Und so soll es auch bleiben«, sagte er mit einem Lächeln.

Hört, hört!

Als wir wenige Minuten später mit unseren drei Samen aus dem dunklen Arbeitshäuschen traten, war es auch draußen ganz schön finster geworden. Dicke Wolkenberge hatten sich über die Sonne geschoben.

»Wir müssen uns beeilen«, stellte Herr Bovist fest. »Uns steht ein Gewitter bevor.«

Schnell wie der Wind sausten wir mit Rupert durch den Tannenwald zum Gewächshaus.

»So«, verkündete Herr Bovist, als wir uns vor dem leeren Beet aufgestellt hatten. »Ich mache euch jetzt Schritt für Schritt vor, wie man einen Samen richtig pflanzt. Und ihr beiden macht mit eurem Zauberblumensamen jeden Pflanzschritt sorgfältig nach.«

Eigentlich musste Herr Bovist uns das Pflanzen der Sa-

men ja nicht so gründlich zeigen. Weil Anni und ich schon einige Zauberblumensamen gepflanzt hatten. Und zwar ganz ohne Herrn Bovist. Und es waren wirklich prächtige Zauberblumen gewachsen, mit unglaublichen Zauberkräften. Schließlich war ich in der Garten-AG. Aber gut.

Zuerst mischten wir in einem Eimer Erde mit getrockneten Pferdeäpfeln. Das war ein bisschen eklig.

»So haben die Zauberblumen gleich genügend Dünger, um Kraft zu tanken«, sagte Herr Bovist.

Dann schichteten wir aus dem Mistgemisch drei hübsche Erdhügel auf und bohrten in die Bergspitzen mit dem Spatenstiel ein Loch. Wie drei Inselvulkane sahen sie jetzt aus.

Sehr, sehr vorsichtig versenkte ich die weiße Unsichtbarkeitsperle im Loch meines Vulkans.

»Tschüss«, sagte ich und ließ Erde darüber rieseln. »Bis bald als wunderschöne Blume.«

Anni und Herr Bovist waren mit ihren Zauberblumen auch so weit fertig. Zum Schluss gaben wir allen Samen noch etwas Wasser zu trinken. Herr Bovist klopfte sich Erde vom Mantel. Über uns rumpelte der Himmel. Inzwischen war er fast schwarz.

»Zurück zum Haus!«, rief Herr Bovist. »Gleich beginnt ein Donnerwetter!«

Zwei Minuten später waren wir im Hexenhäuschen in Sicherheit. Stockdunkel war es draußen. Der Regen klatschte gegen die kleinen Sprossenscheiben wie Wasserbomben.

»Setzt euch an den Tisch im Wohnzimmer«, sagte Herr Bovist. »Ich koche uns heiße Schokolade. Und Kaffee.«

»Super!«, rief Anni mit leuchtenden Augen. »Hast du vielleicht auch noch was zu knabbern?«

Herr Bovist servierte uns Kekse auf einem kleinen Teller mit Blumen und Goldrand.

»Herrje«, sagte Herr Bovist, nachdem er sich seinen Kaffee eingeschenkt hatte. »Jetzt habe ich die Milch vergessen.«

Anni sprang auf. »Ich hol sie dir.«

»Das ist lieb, mein Kind«, sagte Herr Bovist. »Im Kühlschrank steht ein rosa Milchkännchen.«

Anni verschwand in der Küche. Rupert rappelte sich vom Blumenteppich auf und huschte hinterher. Die Kühlschranktür klapperte.

»Rupert hat sich ein Stück Käse geklaut«, rief Anni aus der Küche herüber.

Herr Bovist seufzte. »Rupert ist der verfressenste Hund, der mir je untergekommen ist.«

Ich hörte Anni kichern. Dann rief sie: »Darf ich auch etwas naschen?«

Herr Bovist neben mir am Tisch rief zurück: »Bitte schön!« Und zu mir sagte er: »Dabei handelt es sich bei dem Käse um einen wirklich alten Bergkäse. Der ist nicht jedermanns Geschmack.«

Anni kam mit dem Kännchen zurück an den Tisch.

»Schokolade macht glücklich!«, verkündete Anni mit zufriedener Stimme und nippte an ihrem Kakao.

»Anni!«, stammelte ich und starrte meine Freundin an.

»Was denn?«, fragte Anni erstaunt. »Und warum sprichst du so laut?«

Ich zeigte stumm auf ihre Ohren. Riiieeesig waren die. Und knubbelig. Wie die von Herrn Bovist.

»Gute Güte!«, sagte Herr Bovist stöhnend.

Anni betastete ihre handgroßen Ohren.

»Du hast nicht am Käse genascht«, stellte Herr Bovist kopfschüttelnd fest. »Du hast dir eine Praline aus der geblümten Schachtel genommen, oder?«

Annis Gesicht lief rot an. Wie eine Tomate. Sie nickte. Und steckte sich die Finger in die Ohren.

Herr Bovist flüsterte: »Und du kannst mich wunderbar hören, obwohl ich leise spreche. Habe ich recht?«

Wieder nickte Anni.

Und da machte es bei mir *klick*. »Die Pralinen haben Zauberkraft. Sie sind dein Hörgerät, Herr Bovist!«

»So ist es«, sagte der alte Mann nickend. »Emilia stellt diese wunderbaren Pralinen her. Und für mich füllt sie jede mit einem Tropfen einer Höressenz. Ohne diese Pralinen bin ich wirklich schwerhörig.«

Emilia ist auch eine Zauberblumenzüchterin. Und sie gehört, wie Herr Bovist, dem *Kreis* an. Das ist so eine Art Zauberblumenclub, denn alle Mitglieder besitzen das große und geheime Wissen über die Zauberblumen. Anni und ich sollen bald die Aufnahmeprüfung für den Kreis machen. Aber bis jetzt konnten wir noch keinen Zauberblumenunterricht bekommen. Weil ständig ein Abenteuer dazwischenkam. Und wir müssen noch ganz schön viel lernen. Aber gut.

»Du darfst dir keinen Pferdeschwanz binden«, sagte ich jetzt zu Anni. »Wenn deine Mama die knubbeligen Ohren sieht, fällt sie vor Schreck um. Oder schleppt dich zum Arzt.«

Wenigstens wuchsen aus Annis Ohren keine Haarbüschel heraus wie bei Herrn Bovist.

Schnell löste Anni ihr Gummiband. Zwar sah man die Knubbelohren jetzt nicht mehr in ihrer ganzen Pracht, aber sie ragten immer noch zwischen den schwarzen Haarsträhnen hervor.

Herr Bovist sagte: »Kind, du müsstest doch inzwischen wissen, dass man sich in diesem Haushalt nicht einfach etwas in den Mund stecken kann!«

»Aber du hast doch auch alle deine Zauberkräfte getestet, Herr Bovist, oder?«, fragte Anni.

»Schon«, antwortete Herr Bovist, »aber ich habe das im Verborgenen getan. Und meine Familie war komplett eingeweiht. Da bestand nicht so sehr die Gefahr, dass unser Geheimnis auffliegt. Du hingegen musst morgen in die Schule. Bestimmt eine ganze Woche wirst du mit den Ohren herumlaufen müssen, da die Kraft der Essenz nun einmal länger anhält. Und deine Mutter wird über diese Riesenohren nicht unbedingt begeistert sein!«

»Jetzt muss ich mir meine neuen Ohren aber mal angucken«, sagte Anni. Sie flitzte ins Badezimmer.

»Oooh!«, machte sie laut. »Herr Bovist, kannst du mir vielleicht eine Mütze leihen?«

Er konnte.

»Schau mal!«, rief wenig später eine begeisterte Anni. Ich blinzelte. Annis Kopf steckte fast zur Hälfte unter einer geringelten Mütze. Oma stülpt manchmal so ein Ding über ihre Kaffeekanne. Wenn der Kaffee warm bleiben soll. Nur leuchtet Omas Kaffeewärmer nicht in allen Regenbogenfarben.

»Cool, oder?«, fragte Anni.

Ich war mir nicht so sicher. Aber eine bessere Idee hatte ich auch nicht. Und als ich auf meine Uhr guckte, bekam ich einen riesigen Schreck.

»Ich muss nach Hause«, rief ich. »Wenn ich zu spät dran bin, ruft Mama bei Oma an. Und Oma läuft zum Schuppen, um mich zu holen.«

»Und da sitzt Kalli«, ergänzte Anni.

Das Gewitter hatte sich verzogen. Also machten Anni und ich richtig Tempo. Fast wie Geparden flitzten wir ganz ohne Zauberkraft über die Lichtung, durch das Tannenwäldchen, am Gewächshaus vorbei und in den Dschungel.

Auch über die Mauer kamen wir noch ohne Probleme. Aber gerade, als Anni von der untersten Sprosse ins Gras sprang, blieb sie plötzlich ruckartig stehen. Und lauschte.

»Da kommt jemand!«, raunte sie. »Auf dem mittleren Weg.«

»Mist, Mist, Mist!«, fluchte ich. »Die Leiter! Schnell!«

Hastig packten wir das Holzungetüm und schleuderten es mit Karacho ins Gebüsch neben dem Schuppen. Ein Ende schaute noch heraus. Ich gab der Leiter einen letzten Schubs, und sie versank im Grün. Gerade noch rechtzeitig. Auf dem mittleren Pfad tauchten alle meine Geschwister auf.

»Da seid ihr ja!«, rief Leni. Sie ist vierzehn und meine Pubertierschwester. »Wir sollen euch mitbringen!«

»Wie *mitbringen?*«, fragte Anni.

Jonas sagte: »Wir mussten Papa noch Kohle holen. Von Opa. Papa will grillen. Und da sollen wir euch gleich mitbringen. Zum Abendessen.«

Finn prustete plötzlich los: »Hey, Anni, wieso trägst du dieses riesige Strickding spazieren? Im Sommer?«

Anni zupfte an ihrer Regenbogenmütze: »Das ist gerade modern. Echt!«

In dem Moment kreischte Leni los. Weil sie die Schuppentür geöffnet hatte. Und dahinter saß ja nun mal Riesenkalli.

»Was ist *das* denn!«, rief sie. Und eine Sekunde später: »Oh, ist der megacool!«

Jetzt drängelten sich natürlich auch meine Brüder in den Schuppen. Ich guckte zu Anni. Die zuckte nur mit den Schultern. Meine Geschwister waren ganz aus dem Häuschen. Also erzählten Anni und ich die Geschichte von Kalli.

»Wir haben ihn sozusagen vor dem Fuchs gerettet«, beendete ich unsere Erzählung.

Leni kraulte Kalli mit ihren lilalackierten Fingernägeln. »Das ist ja eine komische Sache«, sagte sie. »Wer rennt mit Pandamaske durch die Gegend und versteckt seinen Hasen im Gebüsch?«

Tja.

»Mir kommt der Hase irgendwie bekannt vor«, sagte Jonas. »Echt, ich habe den irgendwo schon mal gesehen.«

Aber dann klingelte Lenis Handy, und Papa war dran. Er wollte wissen, wo wir mit der Kohle blieben. Also verabschiedeten wir uns von Kalli. Und im Stillen verabschiedete ich mich auch von der Leiter. Die musste jetzt nämlich im Gebüsch bleiben.

»Hoffentlich braucht Opa heute nicht noch seine Leiter«, raunte ich Anni auf dem Heimweg zu. Die zuckte zusammen. Und hielt sich die Ohren zu.

An diesem Abend wuchtete ich vor dem Schlafengehen meine Matratze ein Stück in die Höhe, so dass ich mein kleines, wunderschön mit Pflanzen und Kakadus beklebtes Tagebuch hervorziehen konnte.

Jetzt schrieb ich:

Sonntag, 22. Juni

Heute habe ich wieder den Samen einer Unsichtbarkeitspflanze eingetopft. Diesmal mit Herrn Bovists Hilfe. Sogar Pferdeäpfel sind mit in der Erde, als Kraftfutter. Ich bin schon sooo gespannt!

PS: Und ich habe einen Hasen. Kalli.

Dann steckte ich mein Zauberblumentagebuch zurück unter die Matratze und knipste das Licht aus.

»Gute Nacht, Kalli«, schickte ich eine Botschaft in Richtung Schuppen.

Und weil ich an diesem Abend nicht wusste, was noch alles passieren würde, schlief ich ruck, zuck ein.

Manege frei!

Montag, 23. Juni

Die neuen Zauberblumen strecken heute bestimmt schon ihre Köpfe aus den Maulwurfshügeln im Gewächshaus.

An diesem Montag flitzten Anni und ich besonders gutgelaunt zur Schule. Und das ist an normalen Montagen eigentlich nicht so. Aber heute startete unsere Projektwoche in der Schule. Und ich liiieeebe Projektwochen. Da darf man sich eine Woche lang in einer kleinen Gruppe mit einem Thema beschäftigen. Dieses Jahr hieß das Thema *Manege frei! Die ganze Schule ist ein Zirkus*. Toll!

»Aber am allerbesten ist«, sagte die hüpfende Anni, und ihre bunte Strickmütze hüpfte mit, »dass wir in einer Gruppe sind.«

»Ja«, antwortete ich. »Da ist es doch mal prima, dass du einen Gipsarm hast.«

Eigentlich wäre Anni nämlich sonst in der Akrobatikgruppe gelandet.

»Mit einem eingegipsten Arm kann man unmöglich Akrobat sein«, hatte Anni unserer Lehrerin Frau Wonnemeier erklärt. Und da hatte sie einfach recht!

Als wir in die Schulstraße einbogen, hörten wir lautes Geschrei und Gejohle, bevor wir die Schule auch nur sehen konnten.

»Was ist denn da los?«, fragte Anni.

Gleichzeitig galoppierten wir los. Beste Freundinnen verstehen sich nämlich oft ganz ohne Worte!

Der Schulhof war vollgestopft mit Kindern. Vor der großen Eingangstür stand Herr Klein und ließ keinen ins Schulhaus rein. Der große Herr Klein ist unser Schulleiter.

Jetzt schallte seine Stimme über den Hof: »Kiiinder!« Er wedelte mit einem Zylinder über seinem Kopf herum. »Willkommen alle zusammen! Willkommen zu unserer bunten Zirkuswoche!«

Der ganze Schulhof jubelte.

»Am Samstag wird unsere Zirkusvorstellung hier auf dem Hof stattfinden. Und das Beste ist: Wir bekommen ein richtiges Zirkuszelt!«

Jetzt tobte der Schulhof vor lauter Begeisterung. Anni hielt sich die Ohren zu.

Herr Klein setzte den Zylinder auf den Kopf. Wie ein richtiger Zirkusdirektor sah er jetzt aus. »Für unsere Zirkusvorstellung brauchen wir natürlich ein richtig gutes Programm. Deshalb geht jetzt jeder in seine Gruppe. Ich wünsche allen Clowns, Akrobaten, Dompteuren, Zauberern und Tierdarstellern viel Erfolg! Manege frei!«

Er öffnete die Eingangstür, und alle Kinder und Lehrer strömten ins Schulhaus. Unser Schulleiter stand auf der großen Schultreppe und strahlte wie die Sommersonne.

Die Zaubergruppe traf sich im Besprechungszimmer. Das fand ich nicht so schön. Weil es klein, dunkel und überhaupt sehr langweilig ist. Aber dann stürmte Herr Klein ins Zimmer.

»Willkommen, liebe Zauberlehrlinge!«, begrüßte er uns, und sein großer Schnurrbart wackelte bei jedem Wort. »Ich habe gehört, dass ihr noch einen Zauberlehrer braucht!«

Oh, wie war das toll!

Und dann zauberte Herr Klein für uns die tollsten Zaubertricks aller Zeiten. Wie ein *richtiger* Zauberer. Echt, er zauberte ein Ei aus Toms Ohr. Und er konnte eine dicke Eisenkette in zwei Teile zaubern. Und zum krönenden Abschluss zog er sogar einen Hasen aus seinem Zauberzylinder, der vorher komplett leer gewesen war. Keinen echten Hasen, sondern ein Stoffkaninchen.

Ich beugte mich zu Annis Ohr und flüsterte: »Ich weiß auch schon, welcher Hase sich am allerbesten zum Zaubern eignet!«

Und das war natürlich Riesenkalli.

»In der Zaubershow am Samstag zaubern wir aber ein echtes Kaninchen aus dem Zylinder!«, sagte auch Sofie aus der 4b. »Ich habe daheim gleich vier Stück.«

Pah! Sofie musste immer so angeben.

»Und ich zersäge jemanden von euch«, rief Ferdinand aus der 4a.

»Ihr lieben Sieben«, sagte Herr Klein, als es zur großen Pause klingelte, »es liegt eine arbeitsreiche Woche vor uns.«

Aber dann passierte in der Pause das Allerschlimmste. Wir Kinder spielten und kreischten wie immer auf dem Schulhof herum und hörten nicht, wie unser Zirkusdirektor Herr Klein die große und ewig lange Schultreppe runterpurzelte. Und zwar vom ersten Stock bis ins Erdgeschoss. Noch nicht einmal Anni mit ihren Superohren bekam etwas mit. Aber dann fuhr ein Krankenwagen auf den Schulhof und transportierte unseren Zauberlehrer auf einer Trage ab. Das muss man sich mal vorstellen! Wir waren alle fix und fertig. Vor allem, weil kurz darauf natürlich nicht Herr Klein in unsere Zauberzentrale kam, sondern Frau Kluge.

»Liebe Schülerinnen und Schüler«, sagte sie. »Leider ist Herr Klein gestürzt und muss im Krankenhaus untersucht werden. Ich vertrete ihn. Von Zauberei verstehe ich nichts, aber ich werde natürlich mein Bestes geben.«

Wir Zauberlehrlinge schauten uns entsetzt an. Frau Kluge ist die langweiligste Lehrerin der ganzen Schule. Ach was, der ganzen Stadt. Mein Bruder Finn behauptet, dass Frau Kluge in echt gar keine Lehrerin ist. Sondern eine Sesselpupserin. Weil sie immer nur langweilige Arbeitsblätter verteilt und den Rest der Zeit auf ihrem Stuhl hinter dem Lehrerpult sitzt.

Und überhaupt: Wie wollte Frau Kluge uns das Zaubern beibringen, wenn sie keine Ahnung hatte?

»Aber morgen kommt Herr Klein wieder?«, fragte ich die Lehrerin.

»Herr Klein hat sich *verletzt*«, sagte Frau Kluge mit schriller Stimme. »Er hat im Moment nun wirklich andere Probleme, als sich um ein paar Zaubertricks zu kümmern.«

Jetzt starrte Frau Kluge auf Anni: »Und du setz mal deine Mütze ab, Annemarie. Im Unterricht sind Kopfbedeckungen untersagt.«

»Das geht nicht«, antwortete Anni. »Erstens habe ich Ohrenschmerzen, und zweitens ist das eine Zaubermütze. Ohne die geht diese Woche nix!«

»Pah!«, machte Frau Kluge. Urplötzlich und mit einem Schnapp packte sie Annis geringelte Mütze. Aber Anni war schnell. Auch sie schnappte mit ihrer gipsfreien Hand das Mützenungetüm. Leider verrutschte bei dem Gerangel alles auf Annis Kopf. Und ein riesiges Knubbelohr kam zum Vorschein.

»Oooh!«, machte Frau Kluge und starrte auf das freigelegte Ohr. »Was ist denn *das*?!«

Endlich ließ sie die Mütze los. Das Ohr verschwand wieder unter dem bunten Strick.

»Ich sagte doch, dass ich eine schlimme Ohrentzündung habe«, sagte Anni mit beleidigtem Gesicht.

»Armes Kind«, murmelte Frau Kluge und gab Ruhe.

Dann sollte es endlich mit der Zauberei losgehen. Dachten wir Zauberlehrlinge zumindest. Aber Frau Kluge setzte sich eine spitze Papiertüte auf ihre Kurzhaarfrisur und verkündete: »Liebe Kinder, wir basteln heute einfach eure Zauberhüte.«

Tom rief: »Wir haben doch noch gar kein Zauberprogramm! Bis zur Aufführung am Samstag ist nicht viel Zeit zum Üben. Da können wir doch nicht einen ganzen Vormittag nur basteln!«

Frau Kluge runzelte die Stirn so sehr, dass der Zauberhut bis zu ihren dünnen Augenbrauen rutschte. »Wir brauchen auch Zauberzubehör«, sagte sie und kniff dabei die Augen zu schmalen Schlitzen zusammen. »Deshalb basteln wir heute glitzernde Zauberhüte. Und morgen ist hoffentlich Herr Klein wieder da und bringt euch die nötige Zauberei bei!«

Ferdinand sagte: »Ich will aber keinen Glitzerzauberhut.«

Und ich sagte: »Ich brauche nur einen Zylinder. Für den Zauberhasen.«

»Wir basteln heute Zauberhüte!«, fauchte Frau Kluge. Im Fernsehen hatte ich mal einen Tiger so fauchen gesehen. Jetzt verteilte unsere Lehrerin das bunte Papier auf dem

Besprechungstisch, legte Kleber, Scheren und Glitzersteine dazu und sagte: »Ich kenne da ein hübsches Zauberlied. Vielleicht wollt ihr das beim Basteln einstudieren? Für die Zaubershow?«

Das wollte keiner. Also bastelten wir den Rest des Schulvormittags Zauberhüte. Meiner wurde wirklich prächtig: Dunkelblau mit gelben Sternen und glitzernden Steinen drauf.

»Kalli passt da aber nicht rein«, sagte Anni, als ich ihr meinen Hut vorführte.

»Natürlich nicht«, antwortete ich. »Für Kalli brauche ich einen wirklich großen Zylinder. Oder so.«

Als es zum Schulende klingelte, verschwand Frau Kluge hurtig im Lehrerzimmer nebenan.

»Hoffentlich kommt Herr Klein morgen wieder«, sagte Rana aus der 3b.

»Pscht!«, machte Anni und presste ihren Strickmützenkopf an die Wand. »Eine Frauenstimme sagt gerade, dass Herr Klein sich ein Bein gebrochen hat.«

Sofie, Tom, Ferdinand, Sedan und Rana starrten Anni an.

»Wie kannst du das hören?«, fragte Rana.

»Verkackeierst du uns?«, fragte Sofie. »Oder ist das ein Zaubertrick?«

Glücklicherweise lenkte Tom die anderen von Annis Supergehör ab. »Ich hatte auch schon einmal ein gebrochenes Bein. Da braucht man einfach Krücken«, sagte er. »Herr Klein kann uns morgen bestimmt wieder Zauberunterricht geben.«

Das konnte ich nur hoffen!

Nach der Schule flitzte ich wie der Wind nach Hause. Weil Anni und ich uns nach dem Mittagessen am Schuppen treffen wollten.

Kurz vor der Haustür stieß ich auf meine Brüder. »Was macht dein Kalli?«, fragte Jonas sofort.

»Der sitzt hoffentlich friedlich im Schuppen«, antwortete ich. »Auf jeden Fall braucht er noch richtiges Hasenfutter.«

Jonas kratzte sich am Kopf. »Frag doch Sofie. Die hat gleich mehrere Kaninchen in einem Gehege im Garten.«

Wieso war ich nicht selbst auf die Idee gekommen? Wo sie doch erst heute von ihren vier Kaninchen erzählt hatte!

»Sag bitte Mama, dass ich gleich komme«, rief ich Jonas zu. »Aber kein Wort von Kalli!«

Und schon flitzte ich los.

Sofie und ihre Kaninchen wohnen nämlich im haargenau gleichen Reihenhaus wie ich, nur zwei Reihen weiter. Als ich an ihrem Gartenzaun vorbeikam, saß sie im Kaninchengehege, und ihre Tiere hoppelten um sie herum. Das war ja mal wieder Glück am Stück.

»Hallo!«, rief ich und kletterte über den niedrigen Gartenzaun.

Sofie guckte erstaunt. Eigentlich mögen wir uns nämlich kein bisschen. Sofie und ich haben uns sogar schon mal gehauen. Wegen einem Schokokuss. Aber das war noch im Kindergarten. Und Oma sagt, man muss ein Kriegsbeil auch begraben können.

»Du bist ein Glückspilz«, sagte ich deshalb sehr, sehr freundlich zu Sofie. »Weil du so tolle Kaninchen hast.«

Die blonde Sofie nickte. »Das sind Hoppel, Moppel, Kuschel und Wuschel.«

Die Namen fand ich ja richtig doof. Aber gut.

Wunderhübsch waren die Kaninchen trotzdem. Eins war schneeweiß, ein anderes weiß mit schwarzen Tupfen, und zwei sahen aus wie Karamellbonbons. Und alle waren viiieeel kleiner als Kalli, weil sie eben Kaninchen waren.

Ich kraulte das weiche und blitzsaubere Fell von Wuschel.

»Bei Wuschel musst du aufpassen«, sagte Sofie.

Aber da steckten schon Wuschels fiese Kaninchenzähne in meinem Finger. Höllenweh tat das.

»Aaah!«, brüllte ich und schüttelte Wuschel ab. Mir schossen die Tränen in die Augen. Aber ich wollte auf keinen Fall vor Sofie heulen.

»Zeig mal«, sagte Sofie und beäugte meinen Finger. Ich traute mich überhaupt nicht zu gucken.

»Fehlt was?«, fragte ich. So wie mein Finger brannte, konnte ich mir das sehr gut vorstellen.

»Quatsch«, sagte Sofie. »Es blutet nur ein bisschen. Und überhaupt: Ich hatte dich ja vor Wuschel gewarnt!«

Da kroch eine dicke, fette Wut von meinen Fußspitzen bis in meinen Bauch.

»Duuu«, fing ich an. Aber dann fiel mir mein Auftrag wieder ein. Und Kalli im Schuppen.

Sofie streichelte schon wieder ihre bissigen Monsterkaninchen.

Also beruhigte ich den wütenden Bär in meinem Bauch und sagte mit sehr, sehr freundlicher Stimme: »Ich brauche deine Hilfe!«

Ich erzählte ihr von Kalli. »Er sitzt in unserem Schuppen. Leider habe ich kein Hasenfutter.«

»Komm mit«, sagte Sofie und rannte zu einer großen

Holztruhe auf der Terrasse. Randvoll war die mit Kaninchenzubehör.

»Du brauchst Körnerfutter«, erklärte Sofie und schaufelte mir ein paar Hände voll in einen leeren Müllsack. »Und Heu. Außerdem einen Napf mit Wasser. Und eine Kiste mit Stroh, in der Kalli schlafen kann. Das ist bei großen Hasen garantiert genauso wie bei Kaninchen.«

Beim Reden stopfte sie schon alle Zutaten in den schwarzen Sack. Mein Blick fiel auf eine dünne, pinke Leine. Sie glitzerte vor lauter Glitzersteinen. »Was ist das denn?«, fragte ich.

»Das ist eine Kaninchenleine. Mit einem Kaninchengeschirr«, erklärte Sofie und stopfte es zu Heu und Stroh. »Ich habe zwei davon. Eine leihe ich dir. Du kannst es in der Größe verstellen. Und mit deinem Kalli auf einer Wiese herumspazieren!«

»Sehr gut«, sagte ich. Der Sack war jetzt randvoll.

»Zeigst du mir deinen Kalli mal?«, fragte Sofie.

»Vielleicht«, antwortete ich. Und steckte mir den pochenden Finger in den Mund. Eigentlich war Sofie ja ganz nett. Für ihren bissigen Wuschel konnte sie auch nix. »Und danke für die Sachen!«

Gerade schulterte ich den großen Sack mit Langohrzubehör, als plötzlich eine große Frau in der Terrassentür auftauchte. Eigentlich war vor allem ihre Lockenfrisur groß. Wie ein Turm bauschten die Haare sich bis zum Türrahmen auf. »Sofie! Ich habe dich schon überall gesucht! Ich habe mir Sorgen gemacht!«

Sofie verdrehte ihre großen Augen. »Tante Vroni, wo soll ich denn sein? Ich hab die Kaninchen gefüttert.«

Tante Vronis mächtiger Busen bebte wie eine Boje auf der Nordsee. »Trotzdem, mein Kind«, sagte sie. »Ich habe den Auftrag, auf dich aufzupassen, so lange deine liebe Mama in Kur ist. Und da will ich immer wissen, wo du dich gerade aufhältst. Und nun komm rein, es gibt Mittagessen!« Die Tante verschwand im Haus.

»Du kannst den Mund wieder zuklappen«, schnauzte Sofie mich an. »Das ist Papas Tante Vroni. Sie kümmert sich um mich, solange Mama weg ist. Weil Papa so viel arbeiten muss.«

Und zack, war auch Sofie im Haus verschwunden. Ich flüchtete über den Zaun.

Den Sack mit meinen Kalliutensilien stopfte ich wenig später hinter einen Busch in unserem kleinen Vorgarten. Da würde niemand ihn finden. Hoffentlich.

Neue Wege

Als Papa mir die Haustür öffnete, staunte ich nicht schlecht. Weil er unter der Woche eigentlich den ganzen Tag im Büro sitzt.

Während er mir ein Pflaster auf den Wuschelbiss klebte, erklärte er: »Im Büro ist diese Woche nicht viel zu tun, während Mama in der Schule kaum hinterherkommt. Also bin *ich* jetzt für euer Mittagessen zuständig.«

Das war mal eine gute Nachricht. Papa kocht nämlich lecker. Ich setzte mich zu Finn und Jonas an den Küchentisch.

Gutgelaunt plapperte Papa weiter: »Und da Oma und Opa mich gebeten haben, Efeu und Gestrüpp an der Mauer zu entfernen, kann ich das diese Woche total stressfrei an den Nachmittagen erledigen.«

Da bimmelte schon ein kleines Alarmglöckchen in meinem Kopf.

Ich fragte: »Wie jetzt? Wo schneidest du den Efeu an der Mauer? Doch wohl nicht bei uns am Schuppen?«

»Hinten am Schuppen fange ich sogar an«, erklärte Papa. »Da wuchert es ja am stärksten. Irgendwann kracht noch die Mauer zusammen.«

Da war es bei mir vorbei mit dem Appetit. Wegen unserem Mauerübergang. Und wegen Kalli. Den durfte Papa auf keinen Fall entdecken.

Ich sagte schnell: »Das Efeu an der Schuppenmauer schneiden wir selbst. Da brauchst du überhaupt nichts zu machen.«

Papa lachte. »Das ist lieb gemeint, Tilda-Schatz. Aber da muss *ich* ran. Die Mauer ist ja viel zu hoch für euch Kinder. Und jetzt iss auf.«

Ich konnte aber nicht mehr essen. Wie sollten wir denn ungesehen zu Herrn Bovist kommen, wenn Papa den ganzen Nachmittag am Schuppen Efeu und anderes Grünzeug schnippelte? Und wo sollte ich Kalli verstecken?

Papa plapperte weiter: »Ihr Kinder könnt mir allerdings beim Zusammenrechen des abgeschnittenen Efeus und Gestrüpps helfen. Das wäre prima!«

»Wir haben Fußballtraining«, sagte Jonas.

»Wie jeden Montag«, erklärte Finn.

»Ich kann auch nicht«, sagte ich schnell. Ich musste Kalli wegschaffen, und zwar flott.

Jetzt guckte Papa betrübt.

»Und da Leni bis spät Schule hat, bin ich wohl ganz allein«, sagte er seufzend. Und räumte das dreckige Geschirr in die Spülmaschine.

*

Als kurz darauf Anni klingelte, raunte ich ihr zu: »Komm mit in den Keller.«

Erstaunt folgte sie mir.

»Wir suchen eine Strickleiter«, klärte ich sie unten auf. »Finn und Jonas hatten mal eine. Die liegt bestimmt noch irgendwo hier unten rum.«

»Oje!«, machte Anni und schaute sich in dem vollgestopften Kellerraum um. »Und warum suchen wir eine Strickleiter?«

Schnell erzählte ich ihr von Papas Plänen.

»Kalli muss weg«, sagte Anni sofort. »Er braucht ein neues Versteck.«

»Eben!«, rief ich. »Deshalb müssen wir *vor* Papa am Schuppen sein. Und wir brauchen einen neuen Übergang zu Herrn Bovist. An einer anderen Stelle der Mauer. Weit weg von Papa.«

»Und warum nehmen wir nicht die Holzleiter?«, fragte Anni.

»Weil Papa die natürlich braucht«, erklärte ich.

Anni fragte weiter: »Und warum nehmen wir nicht einfach Herrn Bovists Eingangstor, um ihn zu besuchen?«

»Na, weil jemand sehen könnte, wie wir in Herrn Bovists Garten verschwinden«, antwortete ich. »Zum Beispiel Tante Ilse. Die hat ihre Augen ja überall. Und dann ist der Teufel los!«

Herr Bovist gilt in der ganzen Nachbarschaft als merkwürdiger und unheimlicher alter Kauz. Weil keiner ihn und sein Geheimnis kennt, ist ja klar.

Also kramten wir uns durch den Krempel im Keller.

Mama und Papa wollen immer einen Flohmarkt mit unseren aussortierten Sachen machen. Es hat aber noch nie geklappt. Für uns war das jetzt mal praktisch.

Anni presste immer wieder ihre Hände auf die Ohren. »Kannst du vielleicht leiser kruschteln?«, fragte sie dann. Und natürlich gab ich mir Mühe und wühlte etwas leiser.

»Ha!«, rief ich nach einer Ewigkeit und zog die komplett verwurstelte Strickleiter aus einem Karton mit Sandspielzeug.

»Das wird aber eine wackelige Angelegenheit«, bemerkte Anni.

»Es ist ganz leicht, du wirst schon sehen«, sagte ich.

Oben im Flur stand Papa in einer löchrigen, dunkelblauen Latzhose.

»Weiß jemand, wo meine Handwerkerschuhe sind?«, fragte er in die Runde.

»Schau doch mal im Keller«, antwortete Anni. »Ich glaube, ich hab da welche gesehen.«

Papa verschwand in den untersten Stock.

Jetzt polterten die Zwillinge in Fußballklamotten in den Flur.

»Haha!«, machte Finn und zeigte auf Annis Mützenkopf. »Du ziehst das mit dem Mützenungetüm knallhart durch. Im Hochsommer! Der helle Wahnsinn!«

Dann fiel sein Blick auf die Strickleiter in meiner Hand.

»Was machst du mit unserer Strickleiter?«, fragte er.

»Die hab ich im Keller gefunden«, antwortete ich. »Vielleicht probieren wir sie irgendwann mal aus.«

Finn und Jonas starrten uns an. »In Opas Garten?«, fragte Jonas. »An der Mauer?«

»Quatsch mit Soße«, sagte Anni.

Leider wussten die Zwillinge von Herrn Bovists Garten. Weil sie die ersten Male mit in den verwilderten Dschungel gestiegen waren. Aber von den Zauberblumen und der Freundschaft zu Rupert und Herrn Bovist wussten die beiden nichts. Und so musste es auch unbedingt bleiben.

»Ist ja sehr interessant«, bemerkte Finn. »Wir werden eure Strickleiterversuche im Auge behalten.«

Ältere Brüder können einem so was von auf die Nerven gehen.

»Wir müssen los«, sagte Jonas und schubste Finn zur Haustür.

Im Keller rumpelte es.

Ich stopfte die Strickleiter in meinen Rucksack. »Papa findet nie etwas«, raunte ich Anni zu. »Wir haben also einen kleinen Vorsprung!«

Im Schweinsgalopp flitzten wir zum Garten meiner Großeltern.

Pechsträhne

Kalli saß mümmelnd im Schuppen. Seine Essensvorräte waren fast aufgebraucht.

»Kalli hat eine gute Verdauung«, bemerkte Anni und kickte ein paar Hasenköttel zur Seite.

»Los jetzt!«, antwortete ich. »Papa kann jeden Moment hier auftauchen, und dann hat es sich ausgekallit. Wir nehmen ihn mit zu Herrn Bovist.«

Aber als ich Kalli auf den Arm nehmen wollte, bekam ich ihn nur ein winziges Stück hochgewuchtet. Weil meine Arme so weh taten. Ich hatte überhaupt keine Kraft.

»Oaaah!«, sagte ich stöhnend. »Ich glaube, ich habe Muskelkater. Vom Kalligeschleppe gestern.«

So einen Muskelkater hatte ich schon einmal gehabt,

als ich mit Papa einen ganzen Nachmittag lang Kaminholz auf der Terrasse gestapelt hatte.

Also versuchte Anni, den großen Kalli auf ihren Gipsarm zu heben. Aber Kalli mochte den blauen Gips nicht und machte eine große Hüpferung, weg von Anni. Ratlos schauten wir auf den dicken Kalli.

Er musste weg, und zwar schnell. Da durchzuckte mich ein Gedankenblitz. »Die Hasenleine«, rief ich.

Hektisch wühlte ich in Sofies schwarzem Müllsack. Und zog das pinke Glitzergeschirr hervor.

Es war mühsam, den großen Kalli in das kleine Geschirr zu stecken. Aber nachdem ich die Schnallen auf die größte Größe überhaupt eingestellt hatte, steckte der Hase endlich im pinken Glitzer. Schick sah das aus.

»Wie ein Zirkushase«, sagte Anni. »Von oben bis unten Lack und Glitzer.« Sie schulterte den Sack mit dem Hasenfutter.

Ich zog vorsichtig an der Leine. Und was soll ich sagen: Der brave Kalli hüpfte neben mir her aus dem Schuppen und den kleinen Pfad an der Mauer entlang. Der Weg verschwand nach vielen kleinen Kallihopsern hinter den Büschen, und wir waren in Sicherheit vor Papas Blicken.

»Das hat doch schon mal geklappt«, sagte ich zufrie-

den zu Anni und dem hüpfenden Kalli. »Jetzt suchen wir einen neuen Mauerübergang. Er darf nicht zu nah am Schuppen sein. Und er muss so versteckt liegen, dass man ihn vom Haus und von der Obstbaumwiese aus nicht sieht.«

»Wie machen wir die Strickleiter dann oben an der Mauer fest?«, fragte Anni und steckte sich eine ihrer dicken, schwarzen Haarsträhnen in den Mund.

Tja. Das war natürlich der Knackpunkt bei meinem Plan.

»Das sehen wir dann«, sagte ich. »Eins nach dem anderen.«

Das sagt Oma immer in kniffeligen Situationen.

Wir liefen die alte Steinmauer ab. Sehr, sehr langsam. Wegen Kalli.

»Verflixt«, sagte ich. »Wir sind noch zu nah beim Schuppen.«

Aber dann kamen die Brombeerhecken. Hier wird der Pfad sehr, sehr schmal, denn er liegt eingequetscht zwischen der Mauer auf der einen und den stacheligen Brombeerhecken auf der anderen Seite.

»Hier ist doch wohl der perfekte Platz für einen neuen Mauerübergang!«, stellte ich fest.

Anni legte den Kopf in den Nacken.

»Prima«, sagte sie. »Aber die Frage bleibt: Wie bekommen wir die Strickleiter da hoch, um sie zu befestigen?«

Die Ideenmurmeln kullerten durch meinen Kopf, dass es nur so klackte. Auch an dieser Stelle der Mauer quollen die Äste und das Gestrüpp aus Herrn Bovists Dschungel zu uns herüber.

»Festmachen können wir die Strickleiter an einem Ast da oben«, meinte ich schließlich. »Wir brauchen nur kurz die lange Holzleiter. Wenn wir Glück haben, sucht Papa noch nach seinen Schuhen.«

»Potz Blitz! Die Holzleiter! Die liegt ja noch im Gebüsch«, rief Anni.

Das hatte ich ja total vergessen!

Schnell knotete ich die Glitzerleine mit dem Hasen dran an einen dünnen Ast. »Wir sind gleich wieder da, Kalli!«

Anni und ich flitzten zurück zum Schuppen und zerrten die sperrige Leiter aus dem Gestrüpp. Dann fegten wir wie zwei Feuerwehrfrauen zurück zu Kalli. Dort schob Anni ihre Strickmütze hoch und legte ein Knubbelohr frei. »Dein Papa ist bei Oma und Opa auf der Terrasse«, sagte sie. »Sie unterhalten sich über die extreme Trockenheit. Und ich höre Geschirrklappern. Ich glaube, sie trinken Kaffee! Vielleicht gibt es auch Omas leckeren Kuchen?«

Annis Augen leuchteten hungrig unter dem bunten Strick.

»Nix da«, sagte ich entschlossen. »Los geht's!«

Wir lehnten die lange Leiter an die Mauer. Mit der Strickleiter um den Hals kletterte ich hinauf.

»Die Äste sind alle zu dick oder zu dünn für den Haken«, rief ich verzweifelt zu Anni runter. Aber dann entdeckte ich endlich ein dünnes Stämmchen, das zwischen all dem Geäst hervorlugte. Mit aller Kraft stemmte ich den Karabinerhaken auf. Und bekam ihn tatsächlich um den Ast herum.

Zack! Die Strickleiter rollte sich auf und reichte fast bis zum Boden.

»Das hat doch schon einmal prima geklappt!« Ich freute mich wie verrückt.

Anni rüttelte an der Strickleiter. »Das wird noch mühsamer als die olle Holzleiter«, meinte sie.

»Wir schaffen das«, munterte ich sie auf.

»Und wie willst du Monsterkalli über die Mauer bekommen?«, fragte Anni und kratzte sich den Bauch. »Auf dem wackeligen Ding?«

»Er muss in den Rucksack«, antwortete ich. »Wenn er oben rausgucken kann, findet er es vielleicht sogar ganz schön.«

Aber zuerst brachten wir die Holzleiter zurück zur Obstbaumwiese. Für Papa.

»Du hältst den Rucksack auf, ich stecke Kalli rein«, sagte ich wenig später. »Er darf sich nicht erschrecken.«

Sehr, sehr vorsichtig packte ich den Hasen mit meinen kraftlosen Armen. Zentimeter für Zentimeter stemmte ich Kalli in die Höhe. Und wie ein Kran senkte ich ihn über der Rucksacköffnung wieder ab.

»Du braver Kalli, du«, säuselte ich in die aufgestellten Hasenohren. »Und jetzt bindet Anni den Rucksack unter deinen Vorderbeinen zu. Da kannst du gleich einen wunderbaren Ausblick genießen.«

Kalli hielt ganz still. Er zappelte kein bisschen. Noch nicht einmal, als ich den Rucksack mitsamt Kalli vorsichtig auf meinen Rücken setzte.

»Ein guterzogener Hase«, stellte Anni fest.

»Ich halte jetzt die Strickleiter hier unten«, erklärte ich ihr meinen Plan. »Dann wackelt sie nicht so, und du kannst leichter nach oben klettern.«

Wir mussten jetzt Gas geben. Bevor Omas Kaffeekanne leer war.

Ächzend und stöhnend begann Anni mit ihrem Aufstieg. Mit Gipsarm ist das aber auch nicht so leicht. Kalli und ich hängten uns wie ein Felsbrocken an die unterste Sprosse, damit die doofe Strickleiter sich nicht drehte. Endlich saß Anni oben auf der Mauer.

»Dein Papa sagt gerade, dass er jetzt aber loslegen muss mit der Gartenarbeit«, rief Anni mir zu.

Erschrocken schaute ich mich um.

»Schnell!«, rief Anni. »Ich höre das Quietschen der Terrassenstühle. Sie stehen auf.«

Ich hörte nicht mehr zu, sondern

packte die Leiter. Eigentlich kann ich an einem Seil bis an die Decke der Turnhalle klettern. Mit Muskelkaterarmen und doofem Müllsack in der Hand dauerte mein Aufstieg leider etwas länger. Aber dann stand auch ich auf der Mauer. Sofort zogen wir die Strickleiter zu uns nach oben und ließen sie auf der anderen Seite wieder in die Tiefe gleiten. Den Müllsack warf Anni einfach hinterher.

»Kalli und ich zuerst«, sagte ich. »Dann können wir dir die Leiter halten.«

Die Büsche und Bäume standen auf Herrn Bovists Seite so dicht, dass sie beim Abstieg an Kalli und mir zerrten wie verrückt. Aber Kalli machte keinen Mucks.

»Dein Papa und Opa überqueren gerade die Sonnenwiese. Opa sagt, dass er mal mit Herrn Bovist sprechen muss. Wegen der vielen Büsche und Bäume. Die drücken sonst bald die Mauer ein.«

»Komm jetzt«, unterbrach ich Anni. »Schnell!«

»Hier ist ja noch mehr Dschungel!«, sagte Anni, als sie endlich bei Kalli und mir im Gestrüpp stand.

Und durch dieses Dickicht kämpften wir uns jetzt.

»Wie bei einer Expedition«, rief Anni von hinten. »Wir entdecken einen neuen Kontinent.«

»Und gleich kommen unbekannte Wesen und fressen

uns mit Haut und Haar«, erzählte ich die Geschichte weiter.

»Hoffentlich reicht den Wesen dann ein dicker Hase«, sagte Anni.

»Halt dir die Ohren zu, Kalli«, raunte ich dem braven Hasen auf meinem Rücken zu.

Der Dschungel ging sehr plötzlich in das Tannenwäldchen über.

»Auf diesem Weg kommen wir überhaupt nicht am Gewächshaus vorbei«, stellte ich fest.

»Hoffentlich finden wir die Strickleiter nachher wieder!«, meinte Anni.

An der Hintertür des Hexenhäuschens stießen wir auf Rupert. Er sonnte sich. Und als ich Kalli aus dem Rucksack ließ, klopfte Ruperts langer Schwanz kräftig auf den Boden vor lauter Freude.

»Das ist Kalli«, sagte ich zu Rupert. »Du darfst ihm kein Haar krümmen, hörst du?«

Rupert schleckte mit seiner langen Zunge über Kallis wuscheligen Bauch. Die langen Hasenohren stellten sich neugierig auf.

In der Küche hörten wir es scheppern.

»Hallo, Herr Bovist«, rief Anni durch die offene Tür.

Herr Bovist rief zurück: »Kommt einmal herein. Ich habe eine Frage!«

Er stand in seinem Lieblingsblumenpulli vor dem kleinen Kühlschrank. In der Hand hielt er eine hübsche Schachtel. Lauter Blumen waren da drauf. In rosa, lila und himmelblau.

»Annemarie«, sagte Herr Bovist mit strenger Stimme. Auch seine Augenbrauen waren zu einem sehr, sehr strengen Strich zusammengezogen. »Du hast gestern nicht nur eine Praline gegessen.«

»Äh«, machte Anni, und ihre Hautfarbe ähnelte wieder der einer Tomate. »Die Pralinen sahen so lecker aus. Und du hast mir doch erlaubt zu naschen. Ich hatte ja extra gefragt. Aber ich habe nur zwei gegessen. Ehrlich!«

Herr Bovist seufzte. »Bei meinen alten Ohren reicht eine Praline aus, um eine Woche lang gut zu hören«, sagte er schließlich. »Da musst du mit deinen gesunden Ohren ja hören wie ein Luchs!«

»Die Höressenz wirkt wirklich prächtig«, stellte ich fest. »Anni kann durch Wände hören.«

Anni nickte. Und zog sich einen dicken Wattebausch aus dem Ohr.

»Ich höre sogar so laut, dass es schon fast weh tut«, sagte sie.

Wouuu!, machte Rupert an der Hintertür. Anni presste sich die Hände auf die Ohren. Und ich flitzte nach draußen. War Kalli etwas zugestoßen? Nein, friedlich saß der Riesenhase in seinem Glitzergeschirr im Gras und mümmelte an einem Kleeblatt herum.

»Du, Herr Bovist?«, fragte ich den alten Mann, der mir gefolgt war. »Was machen wir heute in unserem Zauberblumenunterricht?«

Aber Herr Bovist sagte erst mal nichts, sondern starrte auf Kalli.

»Das ist Kalli«, stellte ich den Hasen vor. »Wahrscheinlich wird er bald der Star einer großen Zirkuszaubershow sein.«

»Gute Güte«, antwortete der alte Mann und zauste sich durch seine strubbeligen Haare. »Sehr interessant, sehr interessant. Ich muss schon sagen.«

»Gehen wir jetzt ins Gewächshaus?«, fragte ich.

Herr Bovist zuckte zusammen: »Vor lauter Pralinen und Glitzerhasen konnte ich es euch noch gar nicht sagen: Ich muss zu Emilia fahren. Meine Tasche ist schon gepackt. Könntet ihr euch ein, zwei Tage um Rupert und unsere Blumensetzlinge kümmern?«

»*Was?*«, riefen Anni und ich wie aus einem Mund.

»Es ist so«, erzählte Herr Bovist und setzte sich auf eine Treppenstufe der Hintertür. »Emilia hat irgendwelche seltsamen und unbekannten Fliegen in ihrem Gewächshaus. Und die Larven der Fliegen krabbeln schon zwischen den frischen Setzlingen herum. Wir müssen der Sache auf den Grund gehen, bevor die kleinen Tierchen Schaden an den Zauberblumen anrichten.«

»Der Kreis hat doch viele Zauberpflanzenspezialisten«, warf ich ein. »Kann da nicht ein anderes Kreismitglied Emilias Krabbeltiere bekämpfen?«

Herr Bovist antwortete: »Ihr müsst wissen, im Kreis gelte ich als Schädlingsfachmann, deshalb bat sie mich um Hilfe. Außerdem könnte ich dann auch gleich wieder die Pralinen mit der Höressenz bekommen.«

Ich fragte: »Und unser Zauberunterricht?«

Herr Bovist sagte schnell: »Wir schieben unseren Unterricht ja höchstens zwei Tage auf. Dann blühen auch unsere frisch gepflanzten Zauberblumen.«

Richtig, richtig doof fand ich das. Eine Pechsträhne hatte uns erwischt. Ganz klar! Erst Herr Kleins Sturz, dann Papa mit seinem Geschnippel am Schuppen, und jetzt musste auch noch unser Zauberunterricht verschoben werden! Nicht zu vergessen der Kaninchenbiss in

meinem Finger. Der pochte immer noch ganz schön doll!

Herr Bovist fuhr fort: »Aber Rupert kann ich nicht mitnehmen. Emilia hat sieben Katzen. Darunter einen etwas wilden Kater. Es wäre für Rupert zu anstrengend.«

Ich streichelte dem riesigen, grauen Hund über den Kopf. »Klar kümmern wir uns um Rupert, gar kein Problem.«

»Und um die Blumen sowieso«, sagte Anni und kratzte sich den Kopf, dass die Regenbogenmütze nur so wackelte.

»Prima«, sagte Herr Bovist. »Ich danke euch, Mädchen.«

Und schon war er aufgesprungen, hatte im Haus eine kleine Reisetasche geschnappt und sie in seinem großen, schwarzen Auto verstaut.

Bevor er losbrauste, gab er mir noch einen kleinen Zettel. Darauf stand eine vierstellige Zahl. »Das ist der Code für das große Eingangstor«, erklärte er. »Du musst die Zahl in das schwarze Kästchen rechts neben dem Tor eingeben. Dann öffnet es sich automatisch. Benutzt das Tor aber bitte nur im Notfall. Wegen der Nachbarn.«

Kurz darauf sahen wir nur noch ein paar Staubwölkchen, die das Auto auf der Kiesauffahrt aufgewirbelt hatte.

Zauberblumengeheimnisse

Anni, Rupert, Kalli und ich waren allein im Zaubergarten.

»Tja!«, sagte Anni. »Und nun?«

Ich zuckte mit den Schultern. »Dann wollen wir mal die Blumen gießen.«

Da Kalli zwar der bravste, aber auch der langsamste Hase der Welt ist, brauchten wir eeewig, um bis zur Gewächshauslichtung zu kommen. Und dort war er so begeistert von den vielen Blumen, Gräsern, Kräutern und Blättern, dass seine Fresspausen immer länger wurden. Irgendwann ließ ich die pinke Leine einfach los. »Bleib schön in unserer Nähe«, sagte ich noch zu Kalli und flitzte hinter Anni her.

»Schau dir diese Pracht an«, rief sie schon aus dem Gewächshaus.

Tatsächlich. Es grünte aus jedem der drei Maulwurfshügel heraus.

Komisch war nur, dass aus meinem Hügel ganz rechts so ein kleines, mickriges Pflänzchen wuchs.

»Das ist doch mein Hügel, oder?«, fragte ich Anni zur Sicherheit. Die nickte. Ich kniete mich vor das Blümelein. So dünn und zart saß es da auf dem Erdhügel. Ganz anders als Ludmilla und Ludmillo, meine früheren Unsichtbarkeitsblumen.

»Ist es krank?«, fragte ich.

Anni kratzte sich die Regenbogenmütze. »Vielleicht hast du nicht genug von dem Stinkemist in die Erde gemischt?«, meinte sie.

»Daran kann es nicht liegen«, stellte ich fest. »Bei Ludmillo hatten wir überhaupt keine Pferdeäpfel. Und er war ja wohl prächtig und behaart.«

So eine verflixte Pechwoche!

»Mmmh«, machte Anni. »Dann ist es eben eine sehr zierliche Blume. So was gibt es. Schau uns beide an. Ich bin groß und stark wie Ludmillo, du bist dünner und zarter.«

Ich nickte. »Du bist eine kleine Ludmilla«, sagte ich zu dem Blümelein. »Eine *Milli*! Auf dich muss ich besonders aufpassen.«

Herr Bovists Bärenstarkblume stand groß und aufrecht da. Die Blüte war noch komplett geschlossen.

Auch Annis Eichhörnchenpflanze sah prächtig aus. Besser gesagt schlängelte sie sich munter zwischen den Maulwurfshügeln herum. Fast so, als wollte sie den anderen Pflanzen *Hallo* sagen.

»Ich finde ja«, sagte Anni mit glitzernden Augen, »dass wir meine Eichhörnchenpflanze als neuen Mauerübergang benutzen sollten. Statt des wackeligen Strickleiterdings.«

»Aber sie blüht doch noch gar nicht!«, warf ich ein.

»Das kann sich ja schnell ändern«, sagte Anni. »Vor allem können wir mit der Kletterpflanze *überall* über die Mauer klettern. Wer weiß, an welcher Stelle der Mauer dein Papa als Nächstes das Grünzeug bekämpft!«

Jetzt grinste meine Freundin wie Pippi Langstrumpf.

»Und glaubst du, Herr Bovist wäre einverstanden?«, fragte ich.

»Tilda«, rief Anni. »Es ist doch ein Notfall! Dein Papa blockiert den Mauerübergang. Und wir müssen in den Zaubergarten, um Rupert und Kalli zu füttern. Und um die Zauberblumen zu gießen.«

»Du hast so was von recht!«, antwortete ich da. Und nach kurzem Überlegen fuhr ich fort: »Aber dann kommt meine kleine Milli auch mit. Denn erstens muss ich sie im

Blick behalten, so zart und schwach wie sie aussieht. Und zweitens brauchen wir sie vielleicht, wenn sie blüht. Um unsichtbar über die Mauer zu springen. Damit uns keiner sieht.«

»Genau!«, rief Anni. »Sonst ist das Zaubergartengeheimnis in Gefahr!«

Und damit war alles gesagt.

Als wir die kleine Milli ausbuddelten und in einen braunen Tontopf setzten, kamen mir aber leichte Zweifel.

»Hoffentlich hat dieses mickrige Blümelein überhaupt ausreichend Zauberkraft in sich«, sagte ich und streichelte den dünnen Stiel. Kaum Haare hatte der. Und streichholzdünn war er. Ich zerbröckelte noch ein paar getrocknete Pferdeäpfel und stopfte sie mit in den Blumentopf.

»Damit du groß und stark wirst«, sagte ich zu Milli.

Auch die Kletterpflanze bekam ein neues Zuhause in einem braunen Blumentopf aus Ton. Sogar Stützstäbe passten noch mit in den Topf. Um die wickelten wir die langen Ranken.

»Wie Krakenarme«, sagte Anni lachend. »Die können sich sogar allein festhalten. Und die Knospen muss man in dem dichten Gewusel erst suchen. Wie Ostereier.«

Sie schob ein paar Blätter zur Seite und zeigte auf eine runde und sehr, sehr pralle Knospe.

»Die platzt bald«, stellte ich bewundernd fest.

Jetzt blieb noch das Problem mit Kalli. Er konnte unmöglich zurück in den Schuppen. Der Hase saß zufrieden neben dem schnarchenden Rupert.

»Kalli, du bleibst bei Rupert«, schlug ich dem Hasen vor. Rupert blinzelte. Und gähnte.

»Hoffentlich frisst Rupert nicht unseren Zauberhasen«, sagte Anni.

»So was macht Rupert nicht«, antwortete ich. Da war ich mir ziemlich sicher. Aber ich guckte ihn noch mal streng an. Zur Sicherheit.

Zurück im Hexenhaus breitete ich eins von Herrn Bovists geblümten Handtüchern auf dem Wohnzimmerteppich aus. Dann rupften Anni und ich Unmengen Gras und Löwenzahn und Klee auf der Wiese vor dem Haus und stapelten die Hasenvorräte zusammen mit Sofies Körnerfutter auf dem Handtuch. Im Kühlschrank fand ich noch eine etwas schrumpelige Karotte. Und Anni füllte eine flache Schüssel mit Wasser.

»So muss es bis morgen gehen«, sagte ich zum Riesenhund und zum Riesenhasen. Anni und ich riegelten die

Tür zwischen der Küche und dem Wohnzimmer noch mit dem Bügelbrett ab, das wir neben dem Kleiderschrank im Schlafzimmer gefunden hatten.

»Jetzt kann Kalli nicht aus dem Wohnzimmer raus, und wir können die Hintertür für Rupert trotzdem offen lassen. Damit er sein Geschäft erledigen kann«, sagte ich. Denn die Sache mit Ruperts Geschäft war wichtig. Schließlich konnten Anni und ich erst am nächsten Nachmittag wiederkommen. Und ein Rupertgeschäft wegzuräumen, stellte ich mir um Klassen ekliger vor, als Hasenköttel aufzusammeln.

Der Rückweg zur Mauer dauerte länger als sonst. Weil wir die doofe Strickleiter am neuen Mauerübergang nicht gleich finden konnten. Und weil die Blumentöpfe nicht in den Rucksack gepasst hatten. Anni kämpfte mit ihrer wuchernden Kletterzauberpflanze. Das Stabgerüst blieb im dichten Dschungel dauernd am Geäst hängen.

»Sapperlot!«, schimpfte Anni hinter mir. Aber da entdeckte ich glücklicherweise unsere Strickleiter. Wir waren richtig. Gerade, als ich mich an die Strickleiter hängen wollte, damit Anni zuerst nach oben klettern konnte, machte sie: »Pscht!«

Mucksmäuschenstill harrten wir hinter den großen Steinen aus. Ich lauschte wie verrückt, konnte aber überhaupt nichts hören.

Anni hatte die Strickmütze nach oben geschoben und flüsterte: »Es sind Finn und Jonas. Sie müssen direkt auf der anderen Seite der Mauer sein. Finn sagt, dass die Hasenköttelspur hier aufhört.«

Der Angstbär in meinem Bauch regte sich. Finn und Jonas durften auf keinen Fall hinter unser und Herrn Bovists Geheimnis kommen! Ja, sie durften noch nicht einmal herausfinden, dass wir regelmäßig über die Mauer kletterten.

»Finn überlegt gerade, ob wir Kalli vielleicht im Garten vom gruseligen Alten versteckt haben. Weil sie alle anderen Plätze schon abgesucht haben«, berichtete Anni. Ich starrte sie entsetzt an. »Jonas sagt, dass es dann ja einen Mauerübergang geben müsste. Und hier gibt es keinen.«

Glücklicherweise hing die Strickleiter auf unserer Seite der Mauer. Die Zwillinge konnten den neuen Übergang also nicht entdecken.

»Die Stimmen entfernen sich«, sagte Anni.

Ich zog zwei Melonenkaugummis aus meiner Shorttasche. Etwas fusselig waren sie. Aber sie schmeckten wunderbar. Melonenkaugummi hilft einfach immer bei Aufregung. Kauend kauerten wir noch ein paar Minuten an der Mauer. Zur Sicherheit. Dann kletterten wir so schnell wie möglich zurück in den Garten meiner Großeltern. Das war mit den Blumentöpfen gar nicht so einfach. Aber endlich, endlich standen wir auf der anderen Seite.

»Wenigstens müssen wir jetzt keine olle Holzleiter durch den Garten schleppen«, sagte Anni. Und das stimmte. Die Strickleiter konnten wir einfach hängen lassen. Wir zupften das wild wuchernde Efeu über die Sprossen, bis von unserem Mauerübergang nichts mehr zu sehen war.

Den Zwillingen begegneten wir auf dem Heimweg nicht. Papa war schon zu Hause. Wir schafften es trotzdem, die kleine Milli und die Eichhörnchenpflanze in mein Zimmer zu schmuggeln. »Ich kann die Kletterpflanze unmöglich mit zu mir nehmen«, hatte Anni gesagt. »Meine Mama lässt sie dann nicht mehr aus den Augen.«

Anni ist ein Einzelkind, da hat ihre Mama immer alles im Blick. Das ist bei meiner Mama mit vier Kindern anders. Zum Glück!

»Und jetzt muss ich auch los«, sagte Anni. »Mama und

ich haben heute noch den Termin im Krankenhaus. Weil mein Gips abkommt!«

Das waren jetzt endlich mal wirklich gute Nachrichten.

♥

Als Anni gegangen war, stellte ich die beiden Blumentöpfe in die äußerste Ecke meines Fensterbretts und zog den Vorhang davor. So musste es gehen.

»Milli«, sagte ich zu meinem kleinen Blümelein. »Du musst jetzt jeden noch so kleinen Lichtstrahl tanken. Damit du groß und stark wirst!«

Leider gab es zum Abendessen nur Brot und Aufschnitt.

»Ich bin fix und fertig«, sagte Papa, als Mama, Leni, Finn, Jonas und ich ein bisschen meckerten. »Das war Schwerstarbeit an der Mauer. Außerdem habe ich heute schon einmal für euch gekocht.«

Und dann erzählte Papa lang und breit, wie er das Efeu und die Bäume gekürzt hatte und wie wackelig die alte Holzleiter ist. Fast wäre ich schon am Abendbrottisch eingeschlafen.

»Vorhin hat Sofie hier geklingelt«, sagte plötzlich

Mama und guckte mich an. »Sie wollte einen Kalli anschauen.«

»Wer ist denn Kalli?«, fragte Papa erstaunt.

Leni puhlte ein Stück Käse zwischen ihrer Zahnspange hervor und nuschelte dabei: »Kalli ist doch Tildas Stoffkaninchen.«

»Ja«, sagte ich schnell. »Das Kaninchen brauchen wir morgen in der Zaubergruppe.«

»Aha!«, machte Papa. Und erzählte wieder von seinem zähen Efeu an der Mauer.

Puh! Noch mal Glück gehabt. Ich lächelte Leni dankbar an.

Aber dann zischte Finn mir ins Ohr: »Ja, wo ist denn der Kalli?«

»Bei Anni«, musste ich lügen.

Mein Bruder starrte mich an. Minutenlang.

»Vielleicht habt ihr den Hasen aber auch über die große Mauer gebracht?«, fragte er leise.

Ich zeigte ihm einen Vogel. Ich war wieder hellwach.

Verflixt und zugenäht

Dienstag, 24. Juni

Ich habe meine neue Unsichtbarkeitspflanze auf den Namen Milli getauft. Weil sie so klein und zart ist. Fast schon mickrig. Und Milli blüht! Wunderhübsch sieht die kleine Blume aus mit all ihren Blautönen.

Der dünne Stiel ist gerade mal 12 cm hoch. Ich habe ihn lieber sofort mit einem Stift abgestützt. Bevor er abknickt!

Hoffentlich hat Milli genügend Zauberkraft in sich!

Macht sie wirklich unsichtbar?

Annis Eichhörnchenkletterpflanze wächst wie verrückt. Sie hat sich an meinem Vorhang festgeklammert. Ganz vorsichtig musste ich sie ablösen und die langen Triebe um die drei viel zu kurzen Stützstäbe wickeln. Drei Knospen habe ich gefunden. Sie sind dick und rund. Leider blühen sie noch nicht.

An diesem Dienstagmorgen weckte mich Finns Stimme: »Was sind das denn für Pflanzen auf deiner Fensterbank?«, fragte er. »Sind die vom gruseligen Alten?«

Ich war hellwach. Und sprang aus dem Bett. »Hau ab!«, kreischte ich wütend. Und ein bisschen entsetzt. »Die sind aus der Garten-AG!«

»Ach was!«, antwortete Finn. »Du nimmst deine AG-Blumen über Nacht mit nach Hause? Und versteckst sie hinter deinem Vorhang? Das ist ja erstaunlich.«

»Genau!«, sagte ich fauchend. Fast wie Frau Kluge hörte ich mich an. »Und jetzt nehme ich meine Blumen wieder mit in die Schule.«

»Finn!«, rief Mama im gleichen Moment. »Jonas! Tilda! Leni! Auf jetzt!«

Ich hätte meine Mama küssen können! Denn mein Bruder trollte sich. Zitternd drehte ich mich zu den Zauberblumen um.

»Ihr müsst hier weg«, sagte ich. »Und zwar zackig!«

Nach dem Frühstück packte ich meine kleine Milli sehr, sehr vorsichtig in eine lange, röhrenförmige Plastikdose. In der mischt Papa eigentlich seine Salatsoßen. Aber darauf

konnte ich jetzt keine Rücksicht nehmen. Die dünne Milli musste sicher im Schulranzen stecken.

Dann löste ich die Eichhörnchenblume vom Vorhang. So riesig, wie sie war, passte sie nie und nimmer zu Milli in den Ranzen. Also nahm ich den Blumentopf auf den Arm. Und so stapfte ich alle Treppenstufen nach unten. Meine Familie wohnt nämlich in einem Reihenhausturm. Und weil Leni und ich unsere Zimmer unter dem Dach haben, sind es unglaublich viele Stufen. Die Triebe des Kletterpflänzchens schwankten hin und her, auf und ab.

Anni staunte nicht schlecht, als ich am Treffpunkt eintrudelte und ihr aus dem grünen Geranke heraus ein »Hallo!« zurief.

Nachdem ich meiner Freundin die verzwickte Lage erklärt hatte, nahm sie mir die riesige Pflanze aus dem Arm. »Wenigstens bin ich seit gestern wieder gipsfrei und kann wunderbar schleppen und klettern und zaubern!«, sagte sie.

Ein blasser, dünner und gipsfreier Arm schaute aus dem kirschroten T-Shirtärmel raus. Toll!

»Das ist schon einmal prima«, stellte ich fest. Und dann fasste ich zusammen: »Wir können die Zauberpflanzen nicht mehr in mein Kinderzimmer stellen. Die Zwillinge sind ganz dicht an uns dran. Es ist viel zu gefährlich!«

In unserer Zauberwerkstatt in der Schule versteckte Anni ihre Kletterpflanze fürs Erste hinter einer Zimmerpalme.

»Hat schon jemand Herrn Klein gesehen?«, fragte Ferdinand, der gerade mit Tom, Sedan und Rana ins Besprechungszimmer kam.

In dem Moment rauschte Frau Kluge pünktlich zum Gong ins Zimmer. Oh, wie waren wir enttäuscht.

»Wo ist Herr Klein?«, rief Tom.

»Wie geht es ihm?«, fragte Anni.

»Leider kann Herr Klein auch heute nicht die Zaubergruppe übernehmen«, erklärte Frau Kluge. »Da ist es nur selbstverständlich, dass ich für ihn einspringe.«

Tom stöhnte leise.

»Wo ist Sofie?«, fragte Frau Kluge. Und genau in dem Moment wurde die Tür des Besprechungszimmers aufgerissen. Eine breit grinsende Sofie stürmte ins Zimmer. Mit Schwung stellte sie einen Henkelkorb auf den Besprechungstisch. Über der Korböffnung hing ein Handtuch.

»Liebe Sofie«, sagte Frau Kluge, »du bist zu spät.«

Es raschelte im Korb. Und das Handtuch beulte sich aus.

»Huch!«, rief Frau Kluge.

Sofie zog das Handtuch von der Korböffnung. »Tadaaa!«, rief sie, und ihre Augen leuchteten triumphierend. Ein weißer Kuschelkopf lugte über den Korbrand und schaute sich mümmelnd um. Seine Ohren zuckten in alle Richtungen.

Jetzt flippte die ganze Zaubergruppe aus. Die Kinder vor Begeisterung und Frau Kluge vor Empörung.

»Tiere sind in der Schule untersagt!«, rief sie.

Keiner beachtete sie, alle streichelten Kuschel. Nur ich nicht. Erstens war Kuschel vielleicht genauso bissig wie Wuschel. Ich wollte auf keinen Fall noch einmal die Zähne von Sofies bissigen Kaninchen in meinem Finger stecken haben. Und zweitens war ich ein kleines bisschen sauer. Schließlich wollte *ich* in der Zaubershow einen Hasen herzaubern. Oder verschwinden lassen. Und jetzt brachte Sofie einfach ihr niedliches, kleines und schneeweißes Kaninchen mit. Kuschel

würde natürlich auch viel besser in einen Zylinder passen. Oder in einen Zauberhut. Pah!

»Sofie!«, rief Frau Kluge mit donnernder Stimme. »Du bringst dein Kaninchen augenblicklich runter zum Hausmeister. Dort bleibt es, bis die Schule aus ist und du es geschwind nach Hause bringst.«

Sofie guckte finster: »Und wie soll ich mit Kuschel zaubern, wenn er nicht mit in den Zauberunterricht darf? Außerdem ist der Hausmeisterraum im Keller. Da fürchtet Kuschel sich!«

Aber unsere Lehrerin schob Sofie und Kuschel einfach aus dem Zimmer.

Und dann legte Frau Kluge uns ein paar Bücher auf den Tisch und sagte mit munterer Stimme: »Ihr dürft jetzt zuerst einmal in diesen wundervollen Zauberbüchern stöbern. Um Ideen zu finden. Und ein paar Ausdrucke aus dem Internet habe ich auch dabei. Mit wirklich interessanten Zaubertricks. Ich muss drüben im Lehrerzimmer noch einiges besprechen. Wegen Herrn Kleins Abwesenheit. Ich bin gleich zurück.«

Die Bücher waren kein bisschen toll. Und die Zaubertricks waren eindeutig Babykram.

»Das ist ja peinlich!«, schimpfte Sofie, als sie zurück im Zauberzimmer war.

»Pscht!«, machte Anni und lehnte ihren Strickmützenkopf an die Wand. »Drüben im Lehrerzimmer ist eine riesige Aufregung. Eine Frauenstimme sagt gerade, dass sie Herrn Klein nicht erreicht. Sie ist gestern extra zu ihm nach Hause gefahren, aber es hat niemand die Tür geöffnet. Im Krankenhaus ist Herr Klein aber auch nicht, da hat die Sekretärin schon nachgefragt. Er wurde nach Hause entlassen.«

»Häh?«, machte Ferdinand. »Und das kannst du alles durch die Wand hören?«

»Herr Klein wollte sich auch um das Zirkuszelt kümmern«, redete Anni einfach weiter. »Und um die Popcornmaschine. Ein Lehrer sagt gerade, dass man die Zaubershow am Samstag unter diesen Umständen in der Aula abhalten sollte. Oder ganz abblasen!«

Wir Zauberlehrlinge stöhnten entsetzt auf.

»Jetzt bittet Frau Wonnemeier alle Kollegen um geordnete Weiterarbeit am Zirkusprogramm«, berichtete Anni. »Denn sie findet es wichtig, dass alle Ruhe bewahren und die Projektwoche trotz der Aufregung für die Kinder eine schöne Zeit wird.«

Wieder glotzten alle Zauberlehrlinge auf Anni.

»Frau Kluge sagt, dass sie auf keinen Fall eine Zaubershow auf die Beine stellen wird. Weil sie von Zauberei keine Ahnung hat. Sie sagt, wenn Herr Klein nicht wieder erscheint, werden wir zu einer Tanzgruppe umfunktioniert.«

»Was?«, rief Ferdinand. Sein Kopf leuchtete feuerrot. »Ich tanze nicht!«

Sofie sagte: »Ich habe in den Ferien mal einen Zauberkurs belegt. Eine ganze Woche lang. Ich bin richtig gut im Zaubern. Und ich habe einen tollen Zauberkasten mit ganz viel Zauberzubehör.«

»Dann bring den Kasten morgen am besten mit in die Schule«, schlug Anni vor. »Falls Herr Klein nicht kommen kann, studieren wir unsere Zaubertricks eben selbst ein.«

»Genau!«, rief Tom. »Und du bist unsere Ersatz-Zauberlehrerin, Sofie!«

Ich hoffte sehr, dass Herr Klein morgen wieder in die Zauberzentrale kommen konnte!

Dieser Schulvormittag schleppte sich zäh und langweilig dahin. Alle Zauberlehrlinge hatten schlechte Laune, als es zum Schulende läutete und Frau Kluge im Lehrerzimmer verschwand.

»Ich muss zu Kuschel«, rief Sofie und flitzte aus dem Zimmer.

Tom, Ferdinand, Sedan und Rana trotteten mit hängenden Köpfen hinterher.

Jetzt waren Anni und ich allein in der Zauberwerkstatt.

»Stell dir mal vor, Herr Klein kommt diese Woche gar nicht mehr in die Schule«, sagte ich zu meiner Freundin. »Dann gibt es statt Zauberern Tänzer. Im Zirkus! Wahrscheinlich wird die komplette Zirkusaufführung ein Witz. So ohne Zirkusdirektor! Und ein richtiges Zirkuszelt bekommen wir auch nicht. Willst du die Zaubertricks in der Aula vorführen?«

»Auf keinen Fall«, antwortete Anni.

»Wir müssen Herrn Klein aufspüren. Und herausfinden, wie es ihm geht.«

»Wir wissen aber nicht, wo er wohnt«, antwortete Anni. »Eine Telefonnummer haben wir auch nicht. Und die Sekretärin wird bestimmt nichts davon rausrücken.«

»Man soll die Kraft der Zauberblumen doch zum Helfen einsetzen, stimmt's?«, fragte ich.

Anni nickte.

»Also«, überlegte ich weiter, »sollten wir der Schule und allen Kindern doch wohl helfen, Herrn Klein zurückzubekommen. Und dazu das Zirkuszelt. Mit Hilfe der Zauberblumen.«

»Du hast so was von recht!«, rief Anni, und ihre Stimme kiekste begeistert. »Wir riechen an Milli, schleichen unsichtbar ins Sekretariat und besorgen uns Herrn Kleins Adresse!«

»Da ist es doch einfach phantastisch, dass Milli heute in meinem Schulranzen steckt«, sagte ich und zog die lange Dose hervor. »Milli, du musst uns jetzt helfen! Hoffentlich hält dein Zauber nicht nur fünf Minuten!«

Gerade als Anni ihren Regenbogenkopf über die grünen Antennen der kleinen Blütenmitte schob, tauchte eine wildschluchzende Sofie im Türrahmen des Besprechungszimmers auf. Ich konnte gerade noch den Schulranzendeckel zuklappen.

»Kuschel sitzt nicht mehr in seinem Korb«, rief Sofie. Rotz und Schnodder liefen ihr von den Augen und der Nase über den Mund und tropften vom Kinn.

»Wie jetzt?«, fragte Anni.

Sofie rief: »Ich finde ihn nicht! Und der Hausmeister hat mich weggeschickt. Und meine Tante Vroni wartet auf mich. Wenn ich nur ein paar Minuten zu spät nach Hause komme, ruft sie bestimmt die Polizei. Weil sie immer gleich denkt, dass mir was passiert ist. Außerdem darf sie auf kei-

nen Fall merken, dass ich Kuschel mit in die Schule genommen habe. Da flippt sie aus!«

Wieder schluchzte Sofie auf. Anni streichelte ihren bebenden Rücken.

»Pass auf, Sofie«, sagte ich nach kurzem Überlegen. »Wir suchen deinen Kuschel und bringen ihn dir. Flitz du zu Tante Vroni und lenk sie von den Kaninchen ab.«

»Echt jetzt?«, fragte sie hicksend. »Und der Hausmeister?«

»Lass uns nur machen«, antwortete Anni.

Sofie blieb sowieso nichts anderes übrig. Schluchzend machte sie sich auf den Heimweg.

Auf der Suche

»Suchen wir jetzt erst Kuschel oder Herrn Kleins Adresse?«, fragte Anni und kratzte sich den Regenbogenkopf.

»Lieber zuerst die Adresse von Herrn Klein«, schlug ich vor und klappte meinen Schulranzen wieder auf. »Kuschel sitzt bestimmt friedlich im Hausmeisterraum. Oder sonst wo im Keller.«

Plöpp! Anni war nicht mehr zu sehen. Jetzt war ich dran. Milli roch sehr, sehr fein, als ich meine Nase zwischen die winzigen Antennen schob und eine Riesenportion Milliduft einatmete. *Plöpp!*

»Unsichtbar sind wir schon mal«, sagte Annis Stimme.

Ich setzte den Schulranzen auf den Rücken. Sofort war auch er verschwunden.

»Auf los geht's los«, gab ich das Kommando.

Wumms! Anni warf mich auf den Boden.

»Du musst *Piep* machen«, sagte ich stöhnend und rappelte mich wieder auf. Mit *Piep* verständigen wir uns immer, wenn wir unsichtbar sind. Damit wir nicht dauernd zusammenknallen. So unsichtbar.

»Tschuldigung«, sagte Annis Stimme. *»Piep!«*

Endlich standen wir im breiten Schulhausflur. Direkt neben dem Besprechungszimmer liegt das riesige Lehrerzimmer. Es war gerammelt voll mit Lehrern.

Herr Böhm, der Sportlehrer, rief gerade: »Also, ich brauche für die Akrobatikgruppe unbedingt das Zirkuszelt. In der Aula ist doch überhaupt kein Platz!«

»Dann kümmern *Sie* sich doch um die Beschaffung des Zeltes«, rief Frau Kluge mit hervorquellenden Augen. »Ich habe mit der Zaubergruppe alle Hände voll zu tun!«

»So beruhigen Sie sich doch alle mal!«, brüllte Frau Wonnemeier, meine Klassenlehrerin. Und die brüllt sonst eigentlich nie.

»Piep!«, machte ich.

»Piep!«, machte Annis Stimme vor der Tür des Sekretariats.

Schnell hastete ich hinterher.

Leider saß die Schulsekretärin Frau Nissen hinter ihrem großen Schreibtisch und sagte gerade in den Telefonhörer: »Eine Popcornmaschine, genau. Hatte unser Schulleiter Herr Klein diese zufällig bei Ihnen reserviert?«

Ich linste um die Ecke. Neben Frau Nissens Schreibtisch führt eine Verbindungstür direkt in das Rektorat. So nennt Herr Klein sein Chefzimmer. Ich konnte unser Glück kaum fassen: Die Tür stand sperrangelweit offen.

»*Piep!*«, machte ich.

Frau Nissen stutzte und hob den Kopf.

»*Piep!*«, antwortete Anni. Sie musste direkt neben mir stehen.

»Moment«, sagte Frau Nissen in den Hörer und hob ihren Po aus dem Schreibtischsessel. Mit großen Augen suchte sie den Boden ab. Ich huschte unsichtbar ins Chefzimmer. Auf Herrn Kleins riesigem Schreibtisch stapelten sich Papiere und ungeöffnete Briefumschläge. Ein großes Glas mit Gummibärchen fiel scheppernd um.

»Ups!«, machte Anni. Wie durch Zauberhand richtete sich das Glas wieder auf. Nur die rausgepurzelten Gummibärchen wanderten nicht zurück ins Glas, sondern verschwanden im Nichts.

»Achtung!«, zischte Anni kauend. »Frau Nissen ist im Anmarsch.«

Und tatsächlich steckte kurz darauf die Sekretärin ihren Kopf ins Zimmer.

»Das gibt es doch nicht«, murmelte sie nach einem kurzen Blick durch den Raum. »Haben wir etwa Mäuse?« Sie hastete zurück in ihr Vorzimmer.

Ich wisperte: »Ich beginne meine Suche auf dem Schreibtisch.«

Auf den Briefumschlägen stand natürlich nur die Schuladresse unter Herrn Kleins Namen. Ich durchsuchte den gesamten Schreibtisch. Und die Schreibtischschubladen. Anni zog nacheinander sämtliche Schranktüren auf.

»Anni«, raunte ich ins Zimmer. »Hier ist nichts. Ich wage mich jetzt an den Schreibtisch von Frau Nissen. Wir haben keine andere Wahl!«

»Alles klar«, raunte Anni zurück. »Ich muss nur noch diese eine Schublade hier durchforsten, dann komme ich nach.«

Frau Nissen saß jetzt vor ihrem Computerbildschirm und tippte hektisch auf der Tastatur herum.

Sehr, sehr vorsichtig und ganz, ganz langsam schlich ich um sie herum. Der Schreibtisch von Frau Nissen steht wie eine Theke mitten im Raum. Mit Blick auf beide Türen. Jetzt stand ich direkt hinter der Sekretärin. Sie roch nach Blumenwiese. Oder nach Parfümerie. Ihr Schreibtisch war picobello aufgeräumt. Nichts lag herum. Wie und wo sollte ich hier Herrn Kleins Adresse finden? Ich konnte ja schlecht die Schreibtischschubladen oder die Schränke öffnen. Und dann passierte das Allerschlimmste überhaupt: Ich streckte gerade meine Hand nach einem Briefumschlag auf dem Fensterbrett aus – da *sah* ich meine Hand!

Erschrocken guckte ich an mir runter. Meine Turnschuhe, die kurze Hose, das Regenbogenshirt und das Pflaster an meinem Daumen: alles gut sichtbar hinter Frau Nissens Rücken. Schnell und superleise duckte ich mich hinter den großen, schwarzen Schreibtischstuhl. Frau Nissens Füße steckten in grünen Stöckel-

schuhen mit nudeldünnen Absätzen. Und die Füße wippten im Sekundentakt. Genau wie mein armes Herz. *Wumm! Wumm! Wumm!*

Was sollte ich machen? Da krabbelte ich gaaanz langsam los in Richtung Ausgang. Der Schulranzen auf meinem Rücken schwankte hin und her. Vorsichtig umrundete ich den Schreibtisch. Frau Nissens Füße wippten, ihre Computertastatur klackte laut im stillen Sekretariat. Im Nebenzimmer schepperte es. Frau Nissens Füße standen still. War Anni auch wieder sichtbar? Ein Ablenkungsmanöver musste her. Und zwar schnell! Vor mir lag ein Kugelschreiber auf dem Boden. Wie kam der hierher? Egal! Mit vollem Karacho wummerte ich den Kugelschreiber an Frau Nissens Beinen vorbei direkt an die Heizung. Es schepperte. Frau Nissen sprang auf. Der Stuhl rollte auf seinen kleinen Rädern davon. Ich linste über die Schreibtischkante. Die Sekretärin hatte mir den Rücken zugedreht. Wie ein Flummi schnellte ich hoch. Mein Schulranzen schepperte. Wahrscheinlich Milli in ihrer Dose. Frau Nissens Kopf ruckte, mit aufgerissenen Augen starrte sie mich an.

»Guten Tag, Frau Nissen«, sagte ich mit meiner liebsten Stimme. »Ich brauche deine Hilfe.«

Frau Nissen stöhnte auf. Und ließ sich auf ihren Stuhl plumpsen.

»Was brauchst du denn?«, fragte sie und strich ihren grünen Rock glatt.

Die Ideen flitzten im Eiltempo durch meinen Kopf. So lange guckte ich Frau Nissen einfach nur ganz lieb an. Und Frau Nissen starrte nicht ganz so lieb zurück. Endlich hatte ich die rettende Idee.

»Ein Pflaster brauche ich«, sagte ich sehr, sehr langsam, während ich hinter meinem Rücken das alte Pflaster vom Daumen puhlte.

»Aha«, sagte Frau Nissen. »Wo tut's denn weh?«

Ich hielt ihr meinen Finger unter die Nase. Der Wuschelbiss leuchtete rot.

»Das sieht aber nicht gut aus«, sagte Frau Nissen. Sie schob sich ihre lilafarbene Brille zurück in die Haare und stand auf. Jedes Kind in dieser Schule weiß, dass Frau Nissen eine Schachtel voller Pflaster hat. Und zwar nicht irgendwelche Pflaster. Nein, da gibt es Pflaster mit Pferden drauf und welche mit Astronauten oder Fußbällen. Und Prinzessinnen, Delphinen, Piraten und Hunden. Sogar Pflaster mit Eis am Stiel drauf hat Frau Nissen in ihrer Kiste. Ich glaube, sie sammelt Pflaster. Und alle verletzten Kinder lassen sich natürlich am liebsten von Frau Nissen behandeln. Ist ja klar.

Jedenfalls kramte die Sekretärin jetzt in ihrem Schrank

am Fenster. Anni tauchte gut sichtbar in der Tür vom Chefzimmer auf. Ihr großer Mund grinste breit. Sie stopfte sich gerade ein Stück Karton unter ihr kirschrotes T-Shirt. Ich packte ihren Arm und zog sie zu mir vor den Sekretärinnenschreibtisch. Im gleichen Moment drehte Frau Nissen sich wieder zu uns um. Sie starrte Anni an. Besser gesagt starrte sie auf die Regenbogenmütze auf Annis Kopf.

»Bist du auch verletzt?«, fragte sie schließlich meine Freundin.

Anni schüttelte den Kopf. Die große Mütze wackelte hin und her.

Schnell streckte ich Frau Nissen den Wuschelbiss entgegen.

»Welches Pflaster darf es denn sein?«, fragte sie und öffnete die buntgestreifte Pflasterschachtel. »Eine Prinzessin vielleicht?«

»Ein Hasenpflaster«, wünschte ich mir. »Bitte!«

Frau Nissen kramte in der Schachtel.

»Ha!«, machte sie endlich und zog ein Pflaster mit pinken und gelben Häschen hervor. Sorgfältig klebte sie es um meinen Daumen.

»Und jetzt ab nach Hause«, sagte die Sekretärin und schob uns aus dem Sekretariat.

»Mist, Mist, Mist!«, fluchte ich, als wir auf dem Schulhof standen.

Anni kramte unter ihrem T-Shirt.

»Tadaaa!«, machte sie und hielt mir das bunte Kartonstück unter die Nase. Es war eine Postkarte. Mit einer Insel und Palmen drauf. Und einem knallblauen Himmel und einem senfgelben Sandstrand.

»Dreh mal um«, sagte Anni. Ich gehorchte. Und da stand in sehr geraden Druckbuchstaben:

Peter Klein

Kastanienweg 4

»Anni!«, rief ich begeistert. »Wo hast du die denn gefunden?«

»Sie hing an der Pinnwand neben dem Cheftisch«, erklärte die strahlende Anni. »Das sind Urlaubsgrüße. Von einer Marianne.«

»Prima!«, sagte ich zufrieden. »Wir müssen heute Nachmittag in den Kastanienweg 4.«

*

Zum Glück fiel uns dann Kuschel wieder ein. Vor lauter Freude über Herrn Kleins Adresse hätten wir den fast im Keller vergessen.

»Und meine Eichhörnchenpflanze«, rief Anni. »Sie steht doch noch hinter der Palme im Besprechungszimmer!«

»Hol du schnell deine Pflanze und komm dann zum Hausmeisterzimmer im Keller«, schlug ich vor. »Das spart Zeit!«

Anni rannte die Treppe nach oben, ich nach unten. Leider rumpelte ich im halbdunklen Flur direkt in den Hausmeister Herrn Neff rein. Besser gesagt in seinen großen Bauch.

»Hoppla!«, rief er und packte mich am Schulranzen. »Was haben wir denn hier unten verloren?«

»Ein Kaninchen«, sagte ich und machte mich los. Ich finde unseren Hausmeister ja etwas unheimlich. Und den Schulkeller auch.

»Nix da«, sagte Herr Neff. »Ich habe deiner Kollegin gesagt, dass ich das Kaninchen schon finden werde und sie es morgen bei mir abholen kann. So lange muss sie es schon ohne es aushalten. Und wehe, es bringt noch irgendwer sein Haustier mit in die Schule!«

Mit seinen großen Pranken schob er mich zur Treppe.

Dort tauchte gerade Anni auf. Besser gesagt, eine Kletterpflanze mit zwei Beinen.

»Abmarsch!«, rief der Hausmeister. »Das Schulhaus wird jetzt abgeschlossen.«

Flinke Eichhörnchen

Nach unserem Rauswurf standen wir wieder auf der großen Treppe vor dem Schulhaus. Hinter uns klackte das Schloss des großen Portals.

»Potz Blitz!«, sagte Anni hinter dem ganzen Grün in ihrem Arm.

»Und jetzt?«, fragte ich. »Wir haben Sofie versprochen, ihren Kuschel zu suchen.«

Anni stellte die Eichhörnchenblume auf der breiten Schultreppe ab und schaute am Schulhaus hoch. Ich machte es ihr nach. Unsere Schule ist in einem sehr, sehr alten Gebäude. Zum Glück, sagt meine Mama. Weil wir dadurch richtig große Klassenzimmer haben. Und breite Flure. Und schöne große Flügelfenster. Ich zwinkerte.

»Guck mal, Anni«, sagte ich. »Da oben steht ein Fenster offen!«

»Das ist unser Klassenzimmer«, antwortete Anni. »Vielleicht räumt Frau Wonnemeier noch auf.«

Und dann sah ich das Eichhörnchen. Auf dem breiten Ast der alten Kastanie. Direkt vor unserem Klassenzimmer.

»Anni!«, rief ich begeistert, und meine Freundin hielt sich die Ohren zu. »Wir klettern als Eichhörnchen da oben durch das geöffnete Fenster!«

Ein breites Grinsen erschien auf Annis Gesicht. »Klar wie Klößchenbrühe!«

Ich schob mit den Händen die wuchernden Triebe der Kletterpflanze auseinander. »Wo sind in dem ganzen Grün denn die Blüten versteckt?«

»Hier«, sagte Anni auf der anderen Seite. »Aber die ist noch geschlossen, oder? Was sagt die Fachfrau?«

Sie drehte den Blumentopf so, dass ich die dicke Knospe sehen konnte.

»Tja! Sieht leider ganz so aus«, antwortete ich enttäuscht. »Unser Plan fällt flach.«

Anni schnippte mit dem Finger gegen die kugelrunde Knospe. *Pffft!* Langsam, wie in Zeitlupe, entblätterte sich ein haariges Etwas.

»Was ist denn das?«, raunte ich erstaunt.

Die Blüte sah aus wie ein Fellknäuel. Oder wie eine Pusteblume. Nur dass sie dunkelrot leuchtete.

»Boah!«, machte Anni und streichelte über den roten Puschel. »Du bist ein wunderschönes Eichhörnchen.«

Und dann stopfte sie sich den roten Blütenpuschel fast in die Nase, als sie an ihm roch. Glücklicherweise hatte sie keinen Schnupfen.

Jetzt beugte ich mich über die seltsame Blüte. Die Härchen kitzelten an meinem Nasenloch.

Hatschi!

Anni lachte. Meine Beine kribbelten. Und dann mein Po. Meine kurze Hose saß plötzlich ganz eng.

»Mein Popo ist bleischwer«, sagte Anni und griff sich an den Po. »Als ob meine Pobacken mit Steinen gefüllt wären!«

Ich schob die Eichhörnchenpflanze hinter den schwarzen Mülleimer. Weil manchmal nachmittags Kinder auf den Schulhof kommen. Um Fußball zu spielen und so. Jetzt lugten zwar noch ein paar Triebe hinter dem überquellenden Eimer hervor, aber die würden hoffentlich keinem auffallen.

»Wir sind ja auch nicht lange weg«, sagte ich zu dem Pflänzchen.

»Los geht's«, rief Anni.

»Stopp«, sagte ich. »Wir müssen noch an Milli riechen. Und dann unsichtbar ins Schulhaus klettern. Stell dir mal vor, Frau Wonnemeier ist im Klassenzimmer, und wir hüpfen einfach so durchs Fenster rein! Im zweiten Stock!«

Anni lachte. »Da hätte sie wahrscheinlich ein paar Fragen!«

Ich schaute mich um. Wir waren allein auf dem Schulhof. Also öffnete ich den Schulranzen. Wir schnupperten beide ausgiebig an Millis blauer Blüte. *Plöpp!*

»Jetzt können wir nur hoffen, dass wir Kuschel ruck, zuck finden«, stellte ich fest. »Wir dürfen auf keinen Fall noch mal sichtbar in Herrn Neffs Bierbauch rennen.«

Anni antwortete nicht.

»Anni?«, fragte ich.

»*Piep!*«, hörte ich es vom Kastanienbaum.

Schnell flitzte ich hinterher.

»Hier oben!«, krähte Annis Stimmte fröhlich.

Ich betrachtete den dicken Stamm. Die ersten Äste waren so weit oben.

»Du musst die Finger in die Rinde krallen. Deine Beine erledigen den Rest«, hörte ich Anni sagen.

Aha. Ich legte meine Hände auf die rissige Rinde. Schön fühlte sich das an. Kurz schloss ich die Augen.

Meine Beinmuskeln spannten sich. Im nächsten Moment stieß ich mich ab. Und was soll ich sagen: Es ging wie von allein vorwärts. Mein Po schob mich regelrecht nach oben. In großen Sprüngen erklomm ich Stück für Stück den riesigen Stamm bis zu den ersten langen Ästen. Toll war das! Jetzt saß ich in der Hocke auf einem dicken Ast. Mein Popo schwankte langsam hin und her. Wie ein Pendel hielt er das Gleichgewicht. *Ding, Dong*, hin und her. Kein bisschen wackelig war es hier oben. Und ich fürchtete mich auch überhaupt nicht vor der Höhe.

»Anni?«, fragte ich.

»Hier!«, kam es zurück. Sie musste ein paar Äste über mir sitzen.

»Ich komme«, rief ich. Und sprang von Ast zu Ast. Wie das Eichhörnchen. Mein Po balancierte, so dass ich kein einziges Mal ins Straucheln kam. Jetzt waren Anni und ich auf der richtigen Höhe angekommen. Ich konnte Frau Wonnemeier sehen. Sie kruschtelte in ihrem riesigen Schrank herum.

Ich sagte: »Wir müssen nur diesen langen Ast bis zum Ende hüpfen und dann mit einem Sprung ab durchs Fenster.«

»Wir sind ganz schön hoch oben«, meinte Anni. »Und ich bin nicht gerade eine Weitsprungweltmeisterin!«

»Das ist eher ein Hüpfer«, versuchte ich, sie zu beruhigen. »Weil der Ast fast bis zum Fenster reicht. Und ohne Gipsarm ist das ein Kinderspiel für dich!«

»Wird schon klappen!«, sagte Anni.

»Ich springe zuerst«, schlug ich vor. »Und ich gebe dir ein Zeichen, wenn ich im Klassenzimmer bin. Dann kannst du starten.«

»Und welches Zeichen soll das sein?«, fragte Anni. »Du bist unsichtbar!«

»Ich mache den offenen Fensterflügel kurz zu und dann wieder auf«, sagte ich. »Und dann springst du.«

Jetzt war alles geklärt. »Bis gleich«, meinte ich und holte tief Luft. Langsam hüpfte ich auf allen vieren den Ast entlang. Der wurde immer dünner. Und wackeliger. Aber mein Popo funktionierte wirklich großartig. Vielleicht war mir ja ein buschiger Eichhörnchenschwanz gewachsen? Der jetzt hin und her schwang und mich im Gleichgewicht hielt?

Ich war am dünnen Astende angelangt. Leider war ich nicht so leicht wie das Eichhörnchen, das normalerweise hier herumsprang. Der Ast senkte sich ganz schön. Aber ich hatte die Fensteröffnung direkt vor mir. Sie war gar nicht weit weg. Ich spannte meine starken Beine an und richtete meinen Po aus. Unglaublich, aber wahr: Ich

schnellte in einem Affentempo nach vorne und in einem eleganten Bogen durchs geöffnete Fenster. Nur die Landung war dann leider überhaupt nicht elegant. Kopfüber landete ich direkt auf meinem Gruppentisch. Sauweh tat das. Und einen Höllenlärm machte es. Der Schulranzen rutschte mir über den Kopf. Schnell rappelte ich mich wieder auf.

Frau Wonnemeier stand mit verschrecktem Blick am Schrank und starrte zu mir her. Ich hielt ganz still. Sekundenlang. Frau Wonnemeier schüttelte ihren Kopf und bückte sich nach der Schachtel, die ihr vor lauter Schreck aus der Hand gefallen war.

Ich drehte mich zum Fenster. Anni musste springen. Und zwar schnell. Gaaanz vorsichtig klappte ich den rechten Fensterflügel einmal zu und wieder auf. Frau Wonnemeier legte gerade die Scheren zurück in die Schachtel.

Wumms! Etwas Schweres und sehr, sehr Großes wummerte in mich rein und warf mich um.

»Oaaah!«, machte Anni. Ihr ganzes Gewicht lag auf mir drauf.

»Eieiei!«, wimmerte ich. Ganz zerquetscht fühlte ich mich. Und Millis Transportdose drückte mir fies in den Rücken. Hoffentlich lebte Milli noch! Ich stemmte mich gegen die unsichtbare Anni. Endlich rollte sie von mir runter. Als ich mich umdrehte, guckte ich direkt auf die Beine von Frau Wonnemeier. Sie lehnte sich gerade aus dem Fenster. »Ts, ts, ts!«, machte sie und schüttelte dabei ihre kleinen Locken. Mühsam rappelte ich mich auf und wankte auf allen vieren bis zur Klassenzimmertür. Die stand glücklicherweise sperrangelweit offen. Dort schaute ich mich noch mal nach Frau Wonnemeier um. Meine Klassenlehrerin schloss gerade das Fenster.

»*Piep!*«, wisperte ich im Flur.

»*Piep!*«, machte es direkt neben mir.

»Flucht«, flüsterte ich. »Treffpunkt im Keller vor dem Hausmeisterraum!«

Schon beim ersten Wort galoppierte ich los. So als ob hundert Geister hinter mir her wären. Oder tausend!

Außer Atem kam ich nur wenige Sekunden später im Keller an. Der wirkte jetzt noch düsterer und gruseliger als vorhin. Leise, leise ging ich die kurze Strecke bis zu Herrn Neffs Raum. Eigentlich ist das ja eher ein Glaskasten. Ein bisschen wie ein Aquarium, weil die Wand zum Flur eine einzige Glasscheibe ist. Durch die linste ich jetzt.

»Alle ausgeflogen«, sagte Anni irgendwo neben mir.

Also machten wir uns auf die Suche nach Kuschel. Wir krochen im Hausmeisterzimmer umher und guckten hinter jede Kiste und jeden Karton. Nichts. Dann weiteten wir die Suche auf den Flur aus. Der verzweigte sich in immer mehr Flure.

»Das ist ja ein richtiges Labyrinth«, sagte Anni irgendwann stöhnend.

»Hoffentlich hält Millis Zauber noch ein bisschen«, sagte ich. Wie lange waren wir wohl schon unsichtbar?

»Guck mal da!«, rief Anni plötzlich.

»Pscht«, machte ich.

»Ein Kaninchenköttel«, wisperte Anni. »Und da vorne noch einer. Wir sind richtig.«

»So ein braver Kuschel«, flüsterte ich. Wer hätte gedacht, dass man sich über Kaninchenköttel freuen kann?

Wir folgten dem dämmrigen Gang. Und endlich, endlich, ganz am Ende und unter dicken Heizungsrohren, saß ein etwas verängstigt dreinschauendes, schneeweißes Kaninchen.

»Kuschel!«, riefen Anni und ich wie aus einem Mund. Kuschel zuckte zusammen. Klar, er konnte uns ja auch nicht sehen.

»Ich versuche, ihn mir zu schnappen«, flüsterte ich. Und da war meine Unsichtbarkeit eindeutig von Vorteil.

Weil Kuschel eben nicht mit mir rechnete. Meine unsichtbaren Arme schnellten nach vorne und packten das kleine Kaninchen. Es zappelte wie verrückt. Und war unsichtbar.

»Gaaanz fein!«, raunte ich. Kuschel beruhigte sich wieder. Mit dem Kaninchen im Arm hasteten wir zurück zum Hausmeisterzimmer. Dort stand Kuschels Transportkorb. In den setzte ich das kleine Kaninchen und breitete das Handtuch über die Korböffnung aus. Gut sichtbar saß Kuschel mit zuckenden Ohren im Körbchen.

Leider sah ich dann auch meine Hand, als die gerade den Henkel des Kaninchentransporters packen wollte.

»Sapperlot«, sagte da auch schon Anni, »wir sind wieder sichtbar!«

Wir guckten uns an. »Milli?«, fragte Anni.

»Dann sind wir wieder eine ganze Zeit lang unsichtbar«, überlegte ich. »Ich muss aber dringend sichtbar bei Papa auftauchen. Und zwar schnell. Ich will ja gar nicht wissen, wie spät es inzwischen ist!«

»Stimmt«, sagte Anni und guckte auf ihre Armbanduhr. »Falls Mama schon zu Hause ist, gibt das Ärger!«

Also huschten wir sehr, sehr vorsichtig und leise wie Stubentiger die Kellertreppe nach oben. Kuschel raschelte in seinem Korb. Sonst hörte ich nichts.

»Da oben scharrt etwas«, raunte Anni und hielt mich am T-Shirt fest.

Vom Treppenabsatz konnten wir direkt auf das große Schultor schauen. Und dann auf Herrn Neffs Rücken. Der schob gerade einen großen Müllsack durch die Tür. Erst wollten wir flüchten. Zurück in den Keller. Aber dann raunte ich Anni zu: »Wir galoppieren einfach in einem Wahnsinnstempo an Herrn Neff vorbei, über den Schulhof und ab nach Hause. So schnell kann der überhaupt nicht gucken, wie wir rennen!«

Anni nickte mit großen Augen.

»Auf los geht's los!«, sagte ich und legte den schnellsten Gang ein, den man mit einem Kaninchenkorb in der Hand auch nur einlegen kann. Durch das Schultor und über den Schulhof.

»Heee!«, rief die tiefe Stimme des Hausmeisters meinem Rücken zu.

Raus auf den Gehweg!

Ich blieb erst stehen, als ich Anni hinter mir brüllen hörte: »Stopp!«

Außer Atem drehte ich mich um. Anni preschte auf mich zu und machte eine Vollbremsung.

»Meine Eichhörnchenpflanze«, brachte sie keuchend hervor.

»Verflixt!«, sagte ich und stellte den Kaninchentransporter ab.

Anni hatte sich schon wieder umgedreht und sprintete mit wehenden Haaren zurück auf den Schulhof.

»Stopp!«, brüllte sie wieder. Diesmal zu Herrn Neffs kariertem Hemdrücken. Und noch mal: »Stooopp!« Annis Ringelmütze rutschte bei dem Tempo vom Kopf. Sie bemerkte es nicht einmal, sondern rannte im Galopp weiter in Richtung Schultor. Ich mit Kaninchenkorb hinterher.

Herr Neff hatte sich bei Annis Gebrüll ruckartig umgedreht. In der Hand hielt er den schwarzen Müllsack. Und aus dem schaute ein langer grüner Pflanzentrieb.

Jetzt war Anni bei ihm angelangt.

»Meine Pflanze!« Anni brüllte immer noch.

Herr Neff starrte meine Freundin mit großen Augen an.

Endlich stand auch ich neben den beiden an der großen Schultreppe.

»Das ist unsere Pflanze«, erklärte ich dem Hausmeister ganz außer Atem. »Aus der Garten-AG.« Den Satz konnte ich jetzt wirklich schon sehr gut aufsagen. Ohne rot zu werden, wegen meiner Schwindelei.

Der Hausmeister hielt uns den Sack hin und fragte: »Und warum steht eure Pflanze dann beim Müll?«

Annis Knubbelohren leuchteten rot zwischen den lan-

gen Haarsträhnen hervor.
»Wir haben die Pflanze nur kurz abgestellt. Weil wir in Eile waren«, sagte sie.

Und ich ergänzte: »Und überhaupt: Man wirft doch keine Pflanze weg. Das ist ein Lebewesen.«

»Pah!«, machte der Hausmeister. »Und wenn hier so ein wucherndes Grünzeug neben dem Mülleimer steht, soll ich eine Suchanzeige aufgeben? Oder was?«

Ich guckte den Hausmeister sehr, sehr böse an.

Anni wühlte schon im schwarzen Plastiksack. Und zog eine zerzauste Eichhörnchenpflanze hervor.

»Da sind Triebe abgebrochen«, rief Anni. »Und zwei Puschelblüten!«

»Ihr verschwindet jetzt, und zwar dalli, dalli!«, sagte Herr Neff streng. »Und ich möchte euch beiden Mädchen heute nicht mehr vor die Augen bekommen. Ist das klar?«

Ich zog Anni am Arm über den Schulhof. Auf halbem Weg stülpte ich ihr die Regenbogenmütze wieder auf den

Kopf und zog sie über die Riesenohren. Die Eichhörnchenpflanze wippte in Annis Arm.

»Hoffentlich erholt sie sich wieder«, sagte sie traurig.

Ich wühlte zwischen den Ranken. »Eine Blüte hängt hier noch«, berichtete ich Anni.

»Das ist besser als nichts«, sagte Anni seufzend.

Und dann schlugen wir endlich den Heimweg ein.

»Bevor wir Kuschel zu Sofie bringen, muss ich nach Hause«, erklärte ich Anni. »Ich fürchte, inzwischen hat sogar Papa gemerkt, dass ich schon längst daheim sein müsste.«

»Ich komme mit«, sagte Anni.

»Und Renate?«, fragte ich.

»Ich glaube, sie kommt heute später aus der Klinik«, überlegte Anni. »Ja, genau, ich sollte einen Joghurt essen. Und eine Banane. Ich rufe sie einfach von euch aus an.«

Also liefen Anni, Kuschel und ich schnurstracks zu mir nach Hause.

Lauter Knüppel

Leider stand Papa schon im Vorgarten, als wir in unseren kleinen Weg einbogen.

»Wo wart ihr denn?«, rief er. »Ich wollte gerade den Schulweg ablaufen.«

Uiuiui! Papa war richtig sauer. Oder besorgt. Aber nachdem Anni und ich ihm die Sache mit Kuschel und der Pflanze aus der Garten-AG erzählt hatten, beruhigte er sich ganz schnell wieder.

»Ich rufe jetzt mal Renate an«, sagte er. »Die sitzt nämlich auch wartend zu Hause und macht sich Sorgen. Und dann kommt ihr beiden Kaninchenretter in die Küche und esst ein Schnitzel. Anni, ich klär das mit Renate, wenn du willst?«

Und wie Anni wollte. Kaum hatte Papa ausgesprochen,

war sie auch schon mit der wehenden Pflanze in der Küche verschwunden und hatte sich auf die Küchenbank gesetzt.

»Da schau einer an«, sagte Finn, der gerade an seinem Pudding löffelte. »Die fleißigen Gärtnerinnen schleppen wieder ihr Geblümel durch die Gegend!«

Anni beachtete meinen Bruder gar nicht. Sie lud sich schon ein Schnitzel auf den Teller.

»Wir mussten ewig mit dem Essen warten. Wegen dir«, sagte Jonas in mauligem Ton zu mir. Also erzählte ich auch meinen Brüdern die Geschichte von Kuschel und der Pflanze. Jonas holte eine Karotte aus dem Kühlschrank und gab sie dem braven Kuschel in seinem Korb. »Ist jetzt Kuschel der Star in eurer Zaubershow?«, fragte er. »Und nicht Kalli?«

»Pscht«, machte ich und schielte zu Papa, der sich wieder zu uns an den Tisch gesetzt hatte.

»Papa«, sprach ich ihn an. »Wo ist denn der Kastanienweg?«

»Der ist beim Schwimmbad«, antwortete Papa. »Im Baumviertel. Da haben alle Straßen Baumnamen. Und der Kastanienweg geht direkt neben dem Schwimmbad ab. Warum willst du das wissen?«

»Wegen der Zaubershow am Samstag müssen Anni und

ich nachher mit den Rädern in den Kastanienweg fahren,« erklärte ich.

»Ihr fahrt auf keinen Fall mit dem Fahrrad in den Kastanienweg«, antwortete Papa. »Denn erstens liegt das Baumviertel auf der anderen Seite der Stadt, und zweitens habt ihr noch nicht den Fahrradführerschein.«

Das war ja mal wieder typisch. Ständig werfen mir meine eigenen Eltern Knüppel zwischen die Beine. Der wütende Bär in meinem Bauch machte sich ganz groß. Was konnte ich dafür, dass man den Fahrradführerschein erst in der vierten Klasse macht?

Wütend starrte ich Papa an. Aber der hatte nur Augen für seinen Nachtisch. Wenigstens hatte er mir noch ganz genau beschrieben, wo der Kastanienweg zu finden war. Mama war schon ein paarmal mit uns hingeradelt. Durch den Stadtwald. Das war nämlich eine Abkürzung.

Als Papa wenig später laut klappernd das Geschirr in die Spülmaschine räumte, fragte ich Jonas sehr, sehr leise: »Darf Anni sich deinen Roller ausleihen? Nur heute Nachmittag? Mit Rollern darf man ja glücklicherweise auch ohne Führerschein fahren!«

Und Anni durfte.

Bevor wir uns auf den Weg zu Herrn Klein machen konnten, mussten wir natürlich Kuschel zu Sofie bringen.

»Wir passen so lange auf eure Pflänzchen auf«, sagte Finn.

War das zu fassen? Meine Zecken-Brüder hatten sich festgebissen. Also mussten die Pflanzen mit zu Sofie.

»Milli können wir wie immer in meinen Schulranzen stecken«, sagte ich zu Anni. »Aber was machen wir mit der Eichhörnchenpflanze? Die passt bei ihrer Größe nicht auch noch rein.«

Anni kratzte sich die Regenbogenmütze. »Ich kann sie ja in *meinen* Schulranzen stecken«, meinte sie. »Und den Deckel lasse ich einfach auf.«

Schon leerte sie ihn auf meinem grünen Teppich aus. »Da ist es doch super, dass ich nach der Schule direkt mit zu dir bin«, sagte Anni zufrieden und stellte den Blumentopf in ihren Ranzen. Sie musste die Pflanze ganz schön zusammenquetschen. Und oben schauten die Triebe und die Stützstäbe noch ewig weit raus. In der Küche fand ich einen gelben Sack. Den stülpte Anni über das ganze Grünzeug.

»Es kann losgehen!«, sagte sie.

»Am besten steigen wir über den Gartenzaun und setzen Kuschel einfach zurück in sein Gehege«, sagte ich kurz darauf zu Anni.

Alles klappte wie am Schnürchen. Wuschel, Moppel und Hoppel hüpften freudig um Kuschel herum, als ich ihn zu seinen Kaninchenfreunden setzte.

Leider näherte sich dann die schnaufende Tante Vroni dem Kaninchengehege. Sie hinkte etwas und hielt sich mit beiden Händen den Rücken.

»Ich wollte meiner Freundin Anni die wunderhübschen Kaninchen von Sofie zeigen«, sagte ich zu Tante Vroni, als sie bei uns angekommen war. »Sofie hat es uns erlaubt.«

»Aber natürlich, aber natürlich«, antwortete Tante Vroni, und ihr mächtiger Busen wurde wieder zur Nordseeboje bei all dem Geschnaufe. »Kommt doch rein. Es geht der lieben Sofie heute nicht so gut. Sie freut sich bestimmt über euren Besuch. Und mir sind ihre kleinen Freundinnen natürlich auch immer willkommen. Ich habe Kekse für euch. Kommt nur, kommt!«

Ich war pappsatt. Außerdem hatten wir an diesem Nachmittag noch ein volles Programm. Wir mussten nach Herrn Klein schauen. Und nach Rupert und Kalli. Aber Anni folgte schon der schnaufenden Tante Vroni ins Haus.

Im Wohnzimmer waren die Rollos heruntergelassen.

Ganz dämmrig war es trotz des schönen Wetters draußen. Und meine Augen brauchten ein paar Minuten, um sich an die Dämmerung zu gewöhnen. Deshalb entdeckte ich Sofie erst nach ein paar Sekunden. Sie lag auf dem Sofa, zugedeckt mit einer Herzchendecke.

Als sie Anni und mich sah, sprang sie auf. »Und?«, fragte sie.

»Alles prima«, sagte ich. »Ich habe Anni gerade deine Kaninchen gezeigt. *Kuschel* gefällt ihr am allerbesten.«

»Stimmt«, sagte Anni.

Tante Vroni hinkte stöhnend in die Küche.

»Danke für Kuschel«, raunte Sofie. »Ich bin hier eine Gefangene. Nichts kann ich allein machen. Tante Vroni will mich immer bei sich haben. Sie lässt mich keine Sekunde aus den Augen. Ich dreh bald durch!«

Tante Vroni kam mit einem Tablett voller Kekse zurück ins Wohnzimmer gehumpelt.

»So!«, rief sie. »Leckerschmecker für alle!«

Sofie verdrehte die Augen.

»Wir wollten eigentlich Sofie abholen«, sagte ich. »Wir müssen zu unserem Lehrer Herrn Klein fahren. Schauen, wie es ihm geht.«

Tante Vroni starrte mich an. »Wie, fahren? Wohin fahren? Sofie fährt nirgendwohin!«

»Ich hab den Fahrradführerschein«, rief Sofie. »Ich kann sehr wohl mit dem Rad zu Herrn Klein fahren.«

Stimmt, Sofie war ja schon Viertklässlerin und hatte ihre Fahrradprüfung bereits abgelegt. Vielleicht konnten Anni und ich uns mit den Rollern an Sofies Fahrradkorb festhalten? Damit wir schneller durch den Stadtwald kamen?

Tante Vroni fasste sich an ihren linken Busen, an die Stelle ihres Herzens. »Du bleibst hier bei mir«, sagte sie mit zitternder Stimme. »Ich bin für dein Wohlergehen verantwortlich, solange deine Mutter in Kur ist. Fahrradfahren ist gefährlich. Erlauben eure Eltern etwa, dass ihr alleine mit dem Rad unterwegs seid? Das kann ich mir nicht vorstellen. Meine Sofie macht das auf keinen Fall.«

»Dann komm doch mit«, schlug Anni Tante Vroni vor.

Der fielen fast die Augen aus dem Kopf. »Bei dieser Hitze? Mit meinen schweren Beinen? Und meinem Rücken? In meinem Alter?«

Ich guckte zu Sofie. Die schaute richtig, richtig sauer. Und traurig.

Tante Vroni ließ sich aufs Sofa fallen und griff sich einen Keks.

»Setzt euch alle zu mir«, sagte sie kauend. »Gleich kommt meine Lieblingsrateshow im Fernsehen. Die wird euch gefallen. Wir machen uns einen richtig gemütlichen Nachmittag.«

Aber das wollte niemand.

Ich startete noch einen allerletzten Versuch: »Frau Vroni«, sagte ich mit sehr, sehr freundlicher Stimme. »Sofie ist die Einzige, die richtig gut zaubern kann. Und die einen Zauberkasten hat. Ohne sie wird die Zaubershow am Samstag ein Reinfall. Oder sie findet gar nicht erst statt. Wir brauchen Sofies Hilfe. Jetzt!«

Aber da war nichts zu machen. Sofie musste sich wieder zu Tante Vroni aufs Sofa setzen und fernsehen.

»Sofie«, sagte ich zum Abschied, »du musst morgen deinen Zauberkasten mit in die Schule bringen. Wir brauchen dein Zauberwissen.«

Sofie nickte. Dann packte Anni sich zwei Kekse ein, und wir verließen die dämmrige Höhle.

»Arme Sofie«, sagte ich auf dem Rückweg zu unserem Reihenhaus. »Wir müssen ihr helfen. So eine Tante Vroni hält ja kein Kind aus.«

Aber zuerst mussten wir zu Herrn Klein. Und zwar zackig. Wir hatten durch Tante Vroni und Kuschel schon viel zu viel Zeit verloren.

Die Roller von Jonas und mir hatten wir schnell aus dem Fahrradschuppen geholt. Als Anni wenig später vor mir den Bürgersteig entlangrollte, konnte ich nur ihre Beine sehen. Der Rest meiner Freundin verschwand komplett hinter dem Schulranzen und dem hochaufragenden gelben Sack, der vom Fahrtwind aufgebläht wurde. Das hatten wir mal wieder phantastisch hinbekommen!

Die paar ruhigen Straßen bis zum Stadtwald legten wir noch einigermaßen gemütlich zurück. Aber kaum hatten wir den asphaltierten, aber autofreien Hauptweg erreicht, gaben wir so richtig Gas. Wie die Raketen sausten wir

durch den Wald. Annis Haare flatterten, der gelbe Sack knatterte.

»Boooaaah!«, kreischte Anni. Eine Frau mit ihrem Hund machte einen erschrockenen Hüpfer. Aber schon waren wir vorbeigesaust.

»So schnell bin ich noch niemals nie durch den Stadtwald gewetzt«, sagte ich, als der grüne Laubwald uns am anderen Ende wieder ausspuckte.

»Und wie geht es jetzt weiter?«, fragte Anni keuchend.

Meine Freundin war gerade erst mit ihrer Mutter in unsere Stadt gezogen. Sie kannte sich noch nicht so gut aus. Ich rollerte voraus durch das Baumviertel. Zuerst fuhren wir durch die Eichenstraße und bogen dann in die große Buchenallee ab. Vor uns lag das Schwimmbad.

»Und hier zweigt auch schon der Kastanienweg ab«, stellte ich fest.

Nach dem Haus mit der Nummer vier mussten wir nicht lange suchen. Es war ein kleines, weißes Haus mit einem flachen Dach.

»Und jetzt?«, fragte Anni wieder.

Wir standen am hölzernen Gartentörchen. Ich öffnete es und legte meinen Roller vor den niedrigen Stufen an der Eingangstür ab.

»*Peter Klein*«, las ich auf dem kleinen Namenschild neben der blauen Haustür. »Wir sind richtig.«

Ich drückte den Klingelknopf. *Drrring*!

Nichts regte sich.

»Wir drehen eine Runde um das Haus. Und erkunden die Lage«, beschloss Anni. Sie legte den Roller neben meinen und marschierte am Haus entlang und um die erste Ecke.

»Warte!«, rief ich und rannte mit polterndem Schulranzen hinterher.

Hinter dem Haus lag ein schmaler Garten. Eigentlich sah er ganz hübsch aus. Nur die Blumen standen braun und verdorrt im Beet.

»Hier sieht es ziemlich verlassen aus«, sagte Anni.

»Aber die Terrassentür steht einen Spalt offen«, bemerkte ich.

Und dann sah ich Herrn Klein. Er hockte zusammengesunken in einem hölzernen Schaukelstuhl. Ein Bein lag auf dem Hocker. Es steckte von oben bis unten in einem weißen Gips.

»Es ist doch erstaunlich, wie viele Leute einen Gips haben«, raunte Anni neben mir. »Bin ich froh, dass meiner endlich weg ist!«

»Der guckt ja wie versteinert«, flüsterte ich zurück.

Vorsichtig näherten wir uns der Terrassentür. Wir durften Herrn Klein schließlich nicht erschrecken.

Ich klopfte mit dem Zeigefinger gegen die Glastür. *Tock, tock, tock!*

Herr Klein schaute auf.

Beim Zaubermeister

Bei Herrn Kleins Anblick erschrak ich fürchterlich. Er sah aus wie ein Gruselgespenst aus der Geisterbahn. Echt und ungelogen! Unter seinen roten Augen hingen dicke, schwarze Tränensäcke. Selbst bei seinem großen Schnurrbart hingen die Spitzen nach unten. Und Herrn Kleins starrer Blick sah aus wie bei der toten Maus, die ich mal vor unserer Haustür gefunden habe.

»Herr Klein?«, fragte ich vorsichtig.

Anni schob die Tür auf. Unser Lehrer schaute hoch. Und brummte etwas. Gruselig! Wo war der lustige Herr Klein geblieben?

»Herr Klein«, sagte ich schließlich. »Wir sind es. Tilda und Anni. Die Zauberlehrlinge. Wir sind gekommen, um nach dir zu schauen.«

»So, so!«, machte Herr Klein.

»Und damit du morgen wieder in die Schule kommst«, fuhr ich fort.

Da zwinkerte Herr Klein.

»Ich gehe aber nirgendwo hin«, sagte er. Jetzt starrte er auf sein ewig langes Gipsbein.

»Stimmt«, sagte Anni. »Gehen kannst du wohl eher nicht so gut.«

»Doch!«, rief ich. »Da stehen doch Krücken. Und wo ist überhaupt deine Frau? Die Marianne? Die kann dich doch bestimmt in die Schule fahren.«

»Ich bin nicht verheiratet«, antwortete Herr Klein mit müder Stimme. »Marianne ist meine Schwester.«

»Ruf deine Schwester an«, schlug ich vor. »Dann kommt sie bestimmt ganz schnell und kümmert sich um dich.«

Aber Herr Klein seufzte und schüttelte seinen ungekämmten Kopf. »Marianne wohnt in einer anderen Stadt«, sagte er.

»Dann müssen wir dich eben mit dem Bus zur Schule bringen«, schlug ich vor. »Oder wir fragen Frau Wonnemeier, ob sie dich mit dem Auto abholt. Wir brauchen dich als Zauberlehrer. Weil Frau Kluge keine Ahnung von Zauberei hat!«

»Ich habe keine Kraft«, sagte Herr Klein und schloss die Augen.

Wie jetzt? Der große Herr Klein hatte doch wohl die Kraft eines Gorillas.

»Dann melde dich wenigstens bei Frau Nissen«, rief Anni. »Die ist schon richtig gestresst. Und die Lehrer auch. Du musst ihnen verraten, woher sie das Zirkuszelt und die Popcornmaschine bekommen.«

»Keine Kraft«, sagte Herr Klein wieder. »Bitte gönnt mir einfach meine Ruhe.«

Ich fühlte mich plötzlich ganz elend.

Anni kratzte ihre Regenbogenmütze. »Wenn du keine Kraft hast«, sagte sie, »dann koche ich dir jetzt erst einmal ein Süppchen.«

Herr Klein seufzte wieder. Anni stellte ihr Schulranzenungetüm ab und verschwand durch eine Tür. Wenig später hörte ich Geschirr klappern.

Ich starrte weiter auf Herrn Klein. Die Ideenmurmeln klackerten und rauschten durch meinen Kopf. Schließlich fragte ich den schlappen Lehrer: »Was ist denn eigentlich passiert? Warum fällst du in der Schule die Treppe runter?«

Mit matter Stimme berichtete Herr Klein: »Da lag ein giftgrüner Turnbeutel auf der Treppenstufe. Ich habe ihn zu spät bemerkt und bin gestolpert. Leider konnte ich mich nicht mehr am Geländer festhalten und bin alle Stufen nach unten gerattert.«

»Aua!«, sagte ich.

Die Tür ging auf, und Anni balancierte einen Suppenteller herein. Eine pipigelbe Flüssigkeit schwappte über den Rand. Vorsichtig stellte sie das Essen auf einen kleinen runden Tisch neben Herrn Kleins Sessel.

»Bitteschön!«, rief sie fröhlich. »Mama sagt immer, eine Kraftbrühe bringt alle wieder in Schwung.«

Glücklicherweise hatte ich heute genug Schwung. Herr Klein beäugte die gelbe Flüssigkeit. Bunte Bröckchen schwammen in ihr herum.

»Ich musste nur Wasser im Wasserkocher kochen«, erklärte Anni. »Dann einen Brühwürfel rein, und *tadaaa*, die Kraftbrühe ist fertig! Toll, was?« Anni guckte begeistert.

Herr Klein nickte nicht ganz so begeistert. Vorsichtig nahm er den Löffel, den Anni ihm unter die Nase hielt. Sehr, sehr langsam schlürfte er die erste Portion Kraftbrühe. Ein Zittern lief durch seinen Körper.

»Siehst du!«, sagte Anni. »Deine Kraft kommt schon wieder.«

Unser Zaubermeister löffelte brav weiter. Ich fand ja

nicht, dass die Suppe schon den benötigten Schwung brachte. Herr Klein schloss jetzt sogar seine Augen. Er sah wirklich sehr, sehr erschöpft aus.

»Ich bin völlig fertig«, sagte er dann auch. »Ich muss mich jetzt ausruhen.«

»Herr Klein, wir brauchen dich!«, sagte ich mit ganz, ganz fester Stimme. »Und zwar in der Schule. Frau Kluge will uns Zauberer in eine Tanzgruppe verwandeln, wenn du nicht kommst. Und Sofie, die Einzige mit ein bisschen Zaubererfahrung, hat ihre Tante Vroni an der Backe. Die ist ein richtiger Klotz. Und ein Zirkuszelt gibt es auch nicht! Was soll das denn für eine Zirkusaufführung werden?«

»Voll peinlich!«, fasste Anni zusammen.

»Kommst du morgen wieder in die Schule?«, fragte ich.

»Ich denke nicht, nein!«, sagte Herr Klein. »Das Lehrerkollegium kommt auch sehr gut ohne mich klar. Da bin ich mir sicher. Ich bin völlig kraftlos!«

»Soll ich dir noch eine Kraftbrühe machen?«, fragte Anni unseren Zauberlehrer.

»Nicht nötig, vielen Dank!«, antwortete Herr Klein.

»Ich habe dir ja auch das Rezept verraten«, sagte Anni. »Du kannst in die Küche humpeln und dir selbst eine machen. Wenn du wieder Hunger hast.«

Herr Klein nickte mit geschlossenen Augen.

»Wo ist das Zirkuszelt?«, musste ich noch fragen. »Und die Popcornmaschine?«

Herr Klein berichtete leise: »Vor ein paar Jahren besuchten zwei Zirkuskinder als Schüler unsere Schule. Nur für kurze Zeit. Solange sie hier in der Stadt Vorstellungen hatten. Der kleine Zirkus Pimpanelli. Ich blieb mit ihnen in Kontakt, als sie weiterzogen. Eines Tages mussten sie ihren Zirkusbetrieb aufgeben, da es sich für den kleinen Familienbetrieb überhaupt nicht mehr lohnte. Und die Familie Pimpanelli zog auf einen Bauernhof direkt hier vor der Stadt.«

»Und dort haben sie auch das Zelt?«, fragte ich atemlos.

»Genau!«, sagte Herr Klein mit leiser Stimme. »In der Scheune haben sie noch einiges an Zirkuszubehör gelagert. Und sie sagten mir, dass ich jederzeit etwas ausleihen könnte.«

Wieder schloss unser Zaubermeister die Augen. Ich machte Anni ein Zeichen. Für uns gab es hier nichts mehr zu tun.

»Tschüss, Herr Klein!«, sagte ich.

»Wir kommen morgen wieder!«, verkündete Anni.

Herr Klein seufzte.

Wir schnappten unser Gepäck und brausten wie der Wind zurück durch den Stadtwald.

*

Im Garten von Oma und Opa parkten wir die Roller direkt hinter dem seitlichen Gartentor und rannten zu Fuß weiter bis zur Strickleiter.

Gerade als ich mich an die unterste Sprosse hängen wollte, fragte Anni: »Warum klettern wir jetzt über dieses wackelige Strickleiterding? Wo ich doch eine tolle Kletterpflanze auf dem Rücken habe?«

Ich überlegte kurz. »Stimmt schon«, sagte ich schließlich. »Aber du mit deinem Monsterschulranzen bleibst als Eichhörnchen wahrscheinlich überall hängen, oder? Und wenn dann auch noch die letzte Blüte abgerissen wird, haben wir überhaupt nichts mehr von der Zauberblume!«

Da gab Anni mir recht. Trotzdem murrte sie leise vor sich hin, als sie Sprosse für Sprosse nach oben kletterte.

»Da kann man schon mal klettern wie ein Eichhörnchen, und dann muss man trotzdem dieses wackelige Ding benutzen.«

Im Dschungel grapschten die Äste andauernd nach dem gelben Müllsack auf Annis Rücken und rissen Löcher in das dünne Plastik. Aber endlich hatten wir es geschafft, durchquerten den kleinen Tannenwald und standen kurz darauf an der Hintertür des Hexenhäuschens.

»Rupert! Kalli!«, rief ich beim Betreten der Küche.

Rupert kam schwanzwedelnd aus dem Wohnzimmer. Nachdem ich ihm das Kinn und den Rücken gekrault hatte, stieg ich über das Bügelbrett ins Wohnzimmer. Und trat gleich auf etwas Weiches.

»Iiih! Kalli!«, rief ich. »Überall Hasenköttel! Auch auf dem schönen Pflanzenteppich.«

»So eine Sauerei!«, sagte Anni.

Kalli lag gemütlich ausgestreckt neben dem leergefutterten Handtuch. Kein Grashalm und kein Löwenzahn oder Klee waren mehr übrig. Ich legte Kalli sein Glitzergeschirr um und zog ihn auf die Wiese.

»Bitte schön, dein Schlaraffenland«, sagte ich zum Hasen. »Friss dich satt und köttel alles voll. Aber lauf nicht weg!«

Und dann mussten Anni und ich die tausend Köttel vom Teppich aufheben.

»Pfui Teufel«, sagte Anni. Sie hatte sich einen gelben Gummihandschuh aus Herrn Bovists Spüle über die Hand gezogen. Damit konnte sie die Köttel aber nur halb so gut fassen wie ich ohne Handschuh.

»Das ist wie Ostereier suchen«, sagte ich. Die Köttel waren auf dem bunten Teppich schwer zu entdecken. Und dauernd trat man auf einen drauf.

Driiing! Driiing! Plötzlich klingelte das Telefon. Anni und ich schreckten auf und starrten uns an. Schließlich nahm ich den Hörer ab.

»Bei Bovist«, sagte ich in den Apparat.

»Guten Tag, liebe Matilda«, hörte ich Herrn Bovists fröhliche Stimme. »Ich dachte mir doch, dass ihr beiden Mädchen euch gerade um Rupert und die Pflanzen kümmert. Auf euch ist Verlass! Ich wollte nur kurz erzählen, dass Emilias Pflanzen von einer uns unbekannten Schädlingsart befallen sind. Wir kommen bei der Bekämpfung jedoch gut voran. In ein, zwei Tagen müsste der Spuk vorbei sein. Hoffen wir zumindest. Und nebenbei stellen wir meine Höressenz her. Morgen wird Emilia meine wunderbaren Pralinen zubereiten.«

»Aha!«, sagte ich in einer kurzen Redepause.

»Spätestens Freitag wäre ich dann wieder zu Hause. Schafft ihr es so lange allein? Geht es Rupert gut? Habt ihr euch schon um die Blumen gekümmert? Wachsen sie?«, fragte Herr Bovist weiter.

»Ja, ja«, sagte ich schnell. »Hier ist alles ganz wunderbar.«

Herr Bovist musste sich dann auch wieder um Emilias Fliegen kümmern.

»Bis spätestens Freitag«, rief der fröhliche Herr Bovist und legte auf.

Nachdem ich Rupert mit seinem stinkigen Hundefutter gefüttert hatte, setzten wir uns mit Hund und Hase auf die blühende Wiese.

In meinem Kopf flitzten die Gedanken wie wild herum.

»So viel steht fest: Herr Klein braucht mehr als deine Kraftbrühe!«, sagte ich.

»Sie hat ihm geschmeckt!«, behauptete Anni.

Da war ich mir nicht so sicher. Aber gut.

»Wir brauchen die Hilfe der Bärenstarkblume!«, sagte ich schließlich. »Um Herrn Klein seine Kraft zurückzubringen.«

Annis Kopf ruckte, ihre blauen Augen blitzten mich an. »Du hast völlig recht!«

»Ich fürchte nur, dass wir die *Essenz* der Bärenstarkblume brauchen«, überlegte ich weiter. »Damit wir Herrn Klein den Zauber unbemerkt einflößen können. Und damit der Zauber auch etwas länger als eine Stunde hält!«

»Super!«, rief Anni. »Die Anleitung steht bestimmt im Zauberbuch!«

»Wir dürfen aber noch keine Essenz herstellen«, antwortete ich. »Wir hatten ja noch nicht einmal richtigen Zauberblumenunterricht. Vielleicht sollten wir Herrn Bovist anrufen und ihn fragen.«

»Pah!«, machte Anni. »Und was ist, wenn er es uns verbietet?«

Genau da lag das Problem.

»Pass auf«, sagte meine Freundin. »Wir stöbern ein bisschen im Arbeitshäuschen herum. Es gibt bestimmt so eine

Art Rezept. Ein Essenzenrezept sozusagen. Und wenn es nicht zu schwierig ist, müssen wir sie herstellen. Auch ohne Herrn Bovist. Es ist ein Notfall. Die Zirkusshow ist in Gefahr!«

»Stimmt!«, sagte ich. »Man soll die Kraft der Zauberblumen für einen guten Zweck verwenden!«

Annis Augen leuchteten mit ihrer bunten Mütze um die Wette. »Tante Vroni verabreichen wir auch den Bärenstarkzauber. Dann hat sie wieder Kraft in den Beinen. Und im Rücken. Vielleicht wird man durch den Zauber nicht nur stark, sondern auch bärenmutig. Und – *schwupps* – vergisst Tante Vroni ihre ganze Angst und lässt Sofie aus dem Haus.«

Die Idee war super. »Dann wird Sofie unsere Zauberlehrerin. Schließlich ist sie Zauberfachfrau.«

Wieder schreckte mich das Klingeln des Telefons auf.

»Was ist denn hier los?«, fragte ich. Aber vielleicht hatte Herr Bovist ja irgendetwas vergessen. Ich nahm den Hörer im Wohnzimmer ab.

»Hallo?«, fragte ich nur.

»Hallo?«, fragte es zurück. Mir rutschte das Herz bis runter zu den großen Zehen. Ich hatte die Stimme sofort erkannt: Gunnar!

»Mmmh!«, machte ich mit sehr, sehr tiefer Stimme.

»Wer ist denn am Apparat«, fragte Gunnar mit freundlicher Stimme. »Etwa eines der Mädchen?«

Was war denn mit Gunnar los? Eigentlich ist er fast immer übelst gelaunt. Und Anni und mich kann er überhaupt nicht leiden. Ich musste auf der Hut sein. »Hast du Gute-Laune-Kekse gegessen?«, fragte ich in den Hörer.

»Liebes Kind«, sagte Gunnar, »ich benötige keine Kekse. Rufst du bitte Konrad ans Telefon? Ich habe etwas mit ihm zu besprechen.«

Die Härchen auf meinen Armen stellten sich auf. Gunnar ist unser Feind. Weil er Herrn Bovists Samen besitzen möchte. Und das große Familienzauberbuch. Und zwar um jeden Preis. Er hatte Herrn Bovist sogar schon einmal in einen Zwerg verwandelt, um an die Zaubersachen heranzukommen. Das muss man sich mal vorstellen!

»Herr Bovist ist gerade im Gewächshaus beschäftigt«, sagte ich. »Und er will nicht gestört werden. Er ruft dich zurück, sobald er Zeit hat.« Schnell drückte ich den roten Knopf. *Tuuut, tuuut, tuuut.*

»Wer war das?«, fragte Anni, als ich wieder neben ihr auf der Wiese saß.

»Gunnar!«, sagte ich stöhnend und strich meine Gänsehaut glatt. »Hoffentlich taucht der nicht auch noch hier auf.«

Stumm guckten wir dem höppelnden Kalli zu.

»Morgen Nachmittag brauen wir die Bärenstarkessenz. Und verabreichen sie Herrn Klein und Tante Vroni.« Ich hatte wieder ein Fünkchen Hoffnung.

»Und noch was«, sagte Anni. »Wenn Gunnar hier auftaucht, müssen wir gewappnet sein. Und bärenstark!«

Das stimmte! Wir mussten das mit der Essenz einfach versuchen.

Wir ließen die Zauberblumen an diesem Abend schweren Herzens im Hexenhaus zurück. »Es ist für Zauberblumen im Moment einfach zu gefährlich da draußen«, sagte ich traurig. »Rupert, du bist der Wachhund! Alles klar?«

<u>Mittwoch, 25. Juni</u>

Die Zauberblumen stehen im Hexenhäuschen auf der Fensterbank, bewacht von Rupert. Milli hält sich tapfer auf ihrem dünnen Stiel. Zur Sicherheit habe ich ihn mit einem roten Faden am Bleistift festgebunden. Mit der hübschen, roten Schleife sieht Milli so schön aus.

Die Eichhörnchenpflanze hat gestern leider ein paar Triebe und sogar zwei Blütenpuschel verloren. Im Müllsack vom Hausmeister!!! So ein Banause! Aber sie lebt und klammert sich an allem fest, was ihr in die Quere kommt.

An diesem Mittwoch stürmten Anni und ich in der Schule direkt zu Frau Nissen ins Sekretariat.

»Wir wissen jetzt, wo das Zirkuszelt ist!«, rief ich.

Anni ergänzte: »Und die Popcornmaschine.«

»Aha!«, machte Frau Nissen und schob die lilafarbene Brille in ihre roten Locken.

»Du musst bei den Pimpanellis anrufen. Die Zirkusfamilie wohnt auf dem großen Hof beim Flughafen. Da wo die Ponys und Ziegen grasen.«

Frau Nissen zog die Augenbrauen bis unter ihre Stirnlocken. Sie glaubte uns nicht, das sah ich genau. Jetzt klingelte das Telefon auf Frau Nissens Schreibtisch.

»Ab in den Unterricht mit euch«, sagte sie schnell. »Wir brauchen kein Zirkuszelt. Die Lehrerschaft hat gestern beschlossen, dass die Aufführung am Freitag in der Turnhalle stattfinden wird. Da ist genug Platz. Auch für die Akrobaten. Und mit ein paar Luftballons wird es richtig festlich. Wir hatten mit Herrn Kleins Unfall nun schon genug Aufregung!«

Sie wedelte mit der Hand, um uns aus ihrem Sekretariat zu scheuchen. Dann flötete sie mit lieblicher Stimme in den Telefonhörer: »Sekretariat, Nissen am Apparat, was kann ich für Sie tun?«

Ein riesengroßer Wutbär bäumte sich in meinem Bauch auf. Anni zog mich am Arm aus dem Zimmer.

»Tilda«, raunte sie mir im Schulflur ins Ohr. »Du musst dich überhaupt nicht aufregen. Sobald Herr Klein die Bä-

renstarkessenz bekommen hat, wird er sich um alles kümmern.«

»Hoffentlich«, raunte ich zurück. »Eine Zaubershow in der Turnhalle ist ja wohl einfach nur doof. Und so viele Luftballons kann Frau Nissen überhaupt nicht aufblasen, damit es einigermaßen nach Zirkuszelt aussieht.«

Die Tür zum Besprechungszimmer stand offen. Die anderen Zauberlehrlinge saßen schon am runden Tisch.

Frau Kluge rauschte an uns vorbei in die Zauberwerkstatt. »Annemarie, Matilda! Auf jetzt«, rief sie uns zu. »Wir beginnen!«

Sofie wuchtete einen schwarzen Zauberkasten auf den Besprechungstisch. »Papa hat mich mit dem Zauberkasten in die Schule gefahren. Sonst hätte Tante Vroni das niemals erlaubt«, erzählte Sofie. »Und in seiner Mittagspause muss er mich auch wieder von der Schule abholen.«

»Kann die Tante kein Auto fahren?«, fragte Ferdinand.

»Doch, schon«, erklärte Sofie, »aber weil ihr alles an ihrem Körper weh tut, verlässt sie das Haus überhaupt nicht. Vor allem wegen ihrer müden Beine sitzt sie nur auf dem Sofa rum. Und ich soll immer schön bei ihr sitzen. Damit mir nichts passiert!«

Sofie zog eine Grimasse. Sie tat mir so, so leid. Was war ich froh, dass ich nicht so eine Tante hatte. Und dass Mama nicht in Kur musste.

Aber dann schubste ich alle trüben Gedanken aus meinem Kopf. Denn Sofie öffnete ihren großen Zauberkasten und zeigte uns ganz viel Zauberei: Kartentricks und Würfeltricks und Sachen-verschwinden-lassen-Tricks.

Frau Kluge flitzte immer wieder ins Lehrerzimmer. Und ins Sekretariat. »Es ist bis Samstag noch so viel zu organisieren«, rief sie immer wieder. Und war verschwunden.

Wir Zauberlehrlinge brauchten Frau Kluge sowieso nicht. Weil wir Sofie hatten, die beste Zauberlehrerin aller Zeiten. Neben Herrn Klein, natürlich. Und wir gaben uns wirklich Mühe.

»Puh«, stöhnte Rana, die mit Tom an einem kniffeligen Kartentrick arbeitete. »Das bekommen wir niemals bis Samstag hin.«

»Ist ja wohl klar«, sagte Sofie mit strengem Blick. »Wir müssen jetzt üben wie die Verrückten.«

Und das machten wir auch. Unermüdlich. Immer wieder. Bis zur großen Pause. Da sagte ich zu meinen Zauberkollegen: »Wir treffen uns in fünf Minuten auf dem Schul-

hof. Hinten in der Ecke. Bei den Büschen. Wir brauchen eure Hilfe in Sachen Herrn Klein. Aber kein Wort zu niemandem!«

»Also, was ist jetzt?«, fragte Tom wenig später.

Die Zaubergruppe saß im Kreis in der hintersten Ecke des Schulhofes. Hier waren wir ungestört. Anni und ich erzählten den anderen von unserem gestrigen Besuch bei Herrn Klein.

»Wenn wir die Zaubershow hinbekommen wollen, müssen jetzt alle helfen«, sagte ich zum Abschluss.

Anni ergänzte: »Vor allem, wenn wir unsere Zaubershow im Zirkuszelt aufführen wollen!«

Rana riss die Augen auf. »Wie denn?«, fragte sie.

»Herr Klein muss wieder auf die Beine kommen«, erklärte ich. »Er braucht Kraft. Zum Beispiel durch leckeres Essen.«

»Eine Kraftbrühe«, ergänzte Anni.

Der stille Sedan aus der Weltklasse sagte: »Meine Mama kocht lecker.«

Und das stimmte. Bei Schulfesten brachte Sedans Mutter immer die leckersten Gerichte mit. Die ich noch nie zuvor gesehen oder gegessen hatte. Und man musste sich immer schnell was auf den Teller laden, weil die Schüsseln ruck, zuck leer waren.

Anni fragte: »Und kann deine Mama was für Herrn Klein kochen? Damit er wieder auf die Beine kommt?«

Sedan nickte heftig. »Mama kocht viel. Das reicht auch für Herrn Klein.«

»Prima!«, sagte ich, und viele Glückskäfer wuselten durch meinen Bauch.

Nur Sofie guckte traurig. »Tante Vroni erlaubt mir niemals, zu Herrn Klein zu fahren. Ich bin raus!«

Ich sagte: »Wir sind auch nicht dabei. Anni und ich müssen heute was total Wichtiges erledigen!« Und das stimmte. Schließlich mussten wir die Essenz herstellen. Wenn das mal nicht wichtig war! Aber das konnte ich den anderen schlecht erzählen.

Tom schlug vor: »Dann treffen Sedan, Ferdinand und ich uns mit den Rädern hier an der Schule und fahren zu Herrn Klein.«

Stimmt, die Viertklässler hatten ja alle schon den Fahrradführerschein. Die Glücklichen!

»Und du, Rana?«, fragte ich die einzige Drittklässlerin außer Anni und mir. »Du hast ja keinen Führerschein.«

»Ich darf überall mit dem Rad hinfahren«, erklärte sie. »Ich komme mit.«

Und da war fürs Erste alles geklärt.

Heute klappte tatsächlich alles wie am Schnürchen. Zuerst jedenfalls. Die Zaubertruppe konnte bei Schulschluss ein paar Tricks ganz passabel. Und Frau Kluge gab uns sogar einigermaßen gute Tipps, unsere Bewegungen noch zauberhafter hinzubekommen.

Nach dem Mittagessen klingelte Anni.

Ich raunte ihr zu: »Komm mit in die Küche.«

Dort zog ich unsere Süßkramschublade auf. Da sind nur süße Sachen drin: Kekse, Schokolade oder Gummibärchen. Und eigentlich müssen wir immer unsere Eltern fragen, wenn wir uns etwas aus der Schublade nehmen wollen.

»Papa hat neulich Pralinen von Tante Ilse bekommen«, erzählte ich Anni. »Weil er ihr Fahrrad repariert hat. So Schokokugeln eignen sich doch wohl prima für die Bärenstarkessenz.«

Das fand Anni auch. Ich packte die rote Schachtel in meinen Rucksack.

Und dann galoppierten Anni und ich los. Aus dem Haus und die Scheffelstraße entlang. Durch den Garten von Oma und Opa und über die Strickleiter. Durch den Dschungel bis in Herrn Bovists Küche. Ganz schön aus der Puste waren wir da. Lange Pause konnte wir aber nicht machen. Weil Rupert Hunger hatte. Und weil die Zauberblumen auf der Fensterbank durstig waren. Und weil Kalli wieder alles vollgeköttelt hatte.

»Hier sind schon ein paar Kalliböhnchen mit den Teppichhaaren vermanscht. Die bekomme ich gar nicht richtig weg!«, bemerkte Anni mit gerümpfter Nase.

»Kalli braucht eine andere Unterkunft«, stellte ich fest.

»Sonst ist Herr Bovist sauer. Bald stinkt der ganze schöne Teppich.«

Aber zuerst mussten wir uns um die Bärenstarkpralinen kümmern.

Kalli höppelte glitzernd auf der blumigen Lichtung herum, während Anni, Rupert und ich uns in das kleine Arbeitszimmer quetschten.

»Am besten ist wohl«, sagte ich, »wenn wir zuerst im Zauberbuch nachschauen. Vielleicht gibt es ein Grundrezept für alle Zauberblumenessenzen.«

Also zogen wir das lederne Buch aus der Tischschublade und wuchteten es gemeinsam auf die Tischplatte. Ich spürte ein Kribbeln, das von den Füßen durch meinen ganzen Körper bis in meinen Kopf wuselte. Wie kleine Ameisen.

»Hoffentlich ist Herr Bovist nicht allzu sauer«, raunte ich und schlug den großen Buchdeckel auf.

»Es ist ein Notfall!«, sagte Anni und steckte ihre Nase schnüffelnd zwischen die vergilbten, welligen Buchseiten. »Ich liiieeebe diesen müffeligen Geruch.«

Das konnte ich jetzt überhaupt nicht verstehen. Aber gut.

Seite um Seite blätterten wir um. Es dauerte eine halbe Ewigkeit.

»Keine Spur von einem Essenzrezept«, murrte Anni irgendwann.

»Mist, Mist, Mist!«, fluchte ich. »Wir brauchen den Zauber. Für Herrn Klein. Und für Tante Vroni!«

Wir waren auf der letzten beschriebenen Seite angekommen. Die Zeichnung der Unsichtbarkeitsblume leuchtete uns in den schönsten Blautönen entgegen. Kein Essenzrezept weit und breit.

»Dann muss Herr Klein eben doch an der Bärenstarkblüte riechen«, sagte Anni.

»Das bringt nichts«, antwortete ich. »Dann ist Herr Klein vielleicht *eine Stunde* topfit. Der Zauber hält nicht lange genug.«

»Puh«, machte Anni. »Dann durchsuchen wir eben das Arbeitszimmer. Und das Labor. Irgendwo muss es eine Anweisung geben.«

Und das machten wir auch. Ich las alle Buchrücken im Regal. Aber auf keinem stand irgendetwas mit Essenzen. Anni stöberte in allen Schreibtischschubladen. Nichts.

»Sapperlot«, fluchte Anni und zog sich die Ringelmütze vom verschwitzen Kopf.

»Wir machen im Labor weiter«, beschloss ich. Und das war eine richtig prima Idee. Denn dort schaute ich als allererstes in die winzig kleine Schublade des winzig kleinen Tischleins unter dem winzig kleinen Fensterchen. Ein blaues Heft lag da. Unbeschriftet. Doch als ich es vorsichtig herausnahm und aufschlug, konnte ich mein Glück kaum fassen.

»Das ist es, Anni!«, rief ich und küsste das Heft. So froh war ich! »Hier steht: *Die Herstellung einer Essenz bedarf einiger Übung.*«

»Na prima«, sagte Anni. »Zeit zum Üben haben wir aber nicht.«

Wir setzten uns auf die Treppenstufe des Arbeitshäuschens. Kallis Geschirr glitzerte in der Sonne. Eine gelbe Blüte verschwand gerade im mümmelnden Maul. Rupert legte sich zu ihm und gähnte.

»Weißt du, Tilda«, sagte Anni, »jetzt haben wir doch Zauberblumenunterricht. Zwar ohne Lehrer, aber in der Schule arbeiten wir ja auch oft so. Mit einem Lernzirkel. Oder einer Lerntheke. Da muss man sich die Sachen erlesen und ausprobieren!«

»Stimmt!«, antwortete ich. »Und jetzt beginnt unsere erste Stunde zum Thema *Essenz.*«

Ich schlug das Heft auf. Da war ewig viel Schnörkelschrift. Kaum zu entziffern war die. Aber dann kamen Zeichnungen. Da war ein kugelrundes Gefäß. Es hatte nur eine seitliche, erbsenkleine Öffnung. Und es schien aus Glas zu sein. Denn in dem Gefäß war eine Flüssigkeit eingezeichnet.

»Das ist ein Kolben«, las ich. »100 Milliliter reinstes Wasser sollen eingefüllt werden. Und ein Esslöffel Zitronensaft. Und eine Prise Pfeffer.«

Aha.

Anni sagte: »Und hier steht, dass man die Blütenblätter der Zauberblume in einem Mörser zerstoßen soll. Und dann auch in dieses Kolbendings wirft.«

Wir blätterten weiter. Auf dem nächsten Bild sah man unter dem Glaskolben eine Flamme. Und die Flüssigkeit oben im Gefäß zeigte viele Blubberblasen.

»Die Suppe muss kochen«, sagte Anni.

»Stimmt!«, meinte ich. Aber was sollte der Schlauch, der da nun seitlich aus der kleinen Kolbenöffnung schaute?

Anni las laut vor: »D-e-s-t-i-l-l-a-t-i-o-n.«

»Ha!«, rief ich freudig. »Das hatten wir doch erst in der Schule! Beim Thema Wetter. Weißt du noch? Wenn es warm ist, steigt der Wasserdampf auf. Und sammelt sich oben in der kalten Luft als Tröpfchen. Oder so.«

»Stimmt!«, sagte Anni. »Und auf dem Bild hier sam-

meln sich die Tröpfchen oben an der Glasdecke.« Sie zeigte auf die Zeichnung.

»Genau«, sagte ich. »Und hier sieht man, wie die Tröpfchen dann durch den Schlauch wandern und sich in diesem kleinen Glas sammeln.«

Anni warf das Heft in die Luft. »Und schon hat man die Essenz! Klar wie Klößchenbrühe! Und überhaupt nicht schwierig.«

Ich konnte das wertvolle Heft gerade noch auffangen. »Wir müssen dieses Kolbending suchen. Und das andere Zubehör.«

Wieder machten wir uns auf die Suche.

Zauberei

Dieses Mal suchten wir höchstens zehn Sekunden im Labor. Weil alle wichtigen Materialien auf einem schmalen Regalbrett über dem Fenster aufgereiht standen.

Ich stellte mich auf das Tischchen und reichte Anni nach und nach alles nach unten: einen schönen, runden Glaskolben, eine kleine Schachtel mit durchsichtigen Schläuchen und zwei niedrige Gläser.

»Und wie bekommen wir das Feuer unter den Glaskolben?«, überlegte ich, als Anni und ich vor unserer Ausbeute standen.

»Vielleicht mit einem Feuerzeug«, meinte Anni.

Wir betrachteten noch einmal die Zeichnung mit der Flamme.

»Ein kleines Lagerfeuer?«, fragte Anni.

»Oder ein Campingkocher«, sagte ich. So einen hat Papa immer dabei, wenn wir zelten. Aber der ist saugefährlich. Den darf nur Papa bedienen! Selbst Mama hatte sich damit schon ein paar ihrer Haare abgefackelt.

Schließlich beschlossen wir, es mit dem Herd in Herrn Bovists Küche auszuprobieren. Am Herd kannte ich mich aus. Man musste nur immer daran denken, ihn wieder abzuschalten. Das war wichtig.

Vorsichtig trugen wir alles Zubehör in Herrn Bovists gemütliche Küche.

»Wenn wir den Glaskolben direkt auf die Herdplatte stellen, geht er garantiert kaputt«, sagte ich. »Leni hat mal ihr Glas auf einer heißen Herdplatte abgestellt. Und irgendwann – *peng* – ist es zersprungen.«

»Mama und ich machen unsere Kuchenglasur in einem Wasserbad«, erzählte Anni. »Das Wasser im Topf kocht. Die Schokolade kommt in eine Tasse. Die Tasse wird in das heiße Wasser gestellt. Und *tadaaa*! Die Schokolade schmilzt!«

Der Vorschlag hörte sich gut an. Also nahmen wir einen gelben Topf aus dem Küchenschrank. Und füllten etwas Wasser hinein.

»Toll«, sagte ich. »Aber jetzt brauchen wir die Bärenstarkblütenblätter!«

»Stimmt«, sagte Anni. »Ohne die Zauberblume müssen wir überhaupt gar nicht erst anfangen.«

Also machten Anni, Rupert, Kalli und ich einen kleinen Abstecher zum Gewächshaus. Prächtig thronte Herrn Bovists Bärenstarkblume auf dem Erdhügel.

»Leider müssen wir dir alle Blütenblättchen ausreißen«, sagte ich zu der Blume. Ganz traurig war mir zumute. Aber es ging nicht anders. Blättchen für Blättchen rupften wir aus. Doch das Schwierigste kam erst noch. Nachdem wir in der Küche eine Zitrone gefunden und ausgequetscht hatten, zerstampften wir die hübschen Blütenblätter zu einem Brei und stopften alles durch das kleine Loch im Kolben. Jetzt noch schnell die angegebene Menge Wasser dazu.

Anni nahm den Pfefferstreuer vom Küchentisch und fragte: »Wie viel ist eine Prise?«

Das wusste ich auch nicht so genau. Also ließen wir einfach ein paar krümelige schwarze Körnchen in den Kolben rieseln. Und – *schwupps* – konnte alles auf den Herd.

Nur leider wollte der Kolben nicht im blubbernden Topfwasser versinken. Nein, der blöde Kolben hüpfte lieber auf den Blasen herum und kippte um.

»Ich halte das Glasding«, sagte Anni. »Und du steckst den Schlauch rein.« So machten wir es. Doch schon nach

kürzester Zeit jaulte Anni auf wie ein Wolf. »Auauau! Heißßß!«

Auf dem Küchentisch lag Annis Mütze. Ich steckte schnell meine Hände in das Strickungetüm und packte den Glaskolben. So ging es einigermaßen. Anni hielt ihre heißen Hände unter den Wasserhahn.

Ich weiß ja nicht, wie lange ich so dastand. Kein einziges Tröpfchen bildete sich oben an der Kolbendecke.

»Mist! Mist! Mist!«, sagte ich. Mir taten schon die Arme weh. Meine Muskelkaterarme.

»Doch, doch!«, rief da Anni. »Da sind minikleine Tröpfchen.« Sie richtete den Schlauch, so dass er bis in das kleine Glas auf der Arbeitsplatte neben dem Herd reichte. Und dann wechselten Anni und ich uns ab. Ewig lang. Tröpfchen für Tröpfchen. *Pling, pling*, fielen sie in das Glas. Ich beobachtete den Zeiger der großen Küchenuhr. *Tick, tack, tick, tack*, wanderte er Runde um Runde. Rupert schnarchte unter dem Küchentisch. Kalli hüpfte immer wieder fröhlich an der Hintertür vorbei.

Driiing! Driiing!

Das Telefon schreckte uns auf. Bestimmt Herr Bovist. Da Anni gerade den Glaskolben in das Wasserbad tauchte, flitzte ich ins Wohnzimmer.

»Hallo!«, sagte ich freundlich in den Hörer.

Am anderen Ende der Leitung vernahm ich leider nicht unseren Freund. Sondern Gunnar, der fragte: »Habt ihr Mädchen bereits die Macht auf dem Bovist-Anwesen übernommen? Ist Konrad schon ausgezogen? Oder kann ich ihn noch sprechen?«

Gunnar, die garstige Nervensäge!

»Herr Bovist ist beim Zahnarzt«, sagte ich schnell.

»Beim Zahnarzt?«, fragte Gunnar. »So, so!«

Ich schluckte. Er glaubte mir kein bisschen. Das merkte ich sofort.

Keiner sagte etwas.

»Gut«, sagte Gunnar schließlich am anderen Ende der Leitung. »Richte Konrad aus, dass er mich zurückrufen soll. Und wenn er sich bis morgen nicht bei mir meldet, komme ich vorbei. Irgendetwas ist bei euch doch faul.«

Tuuut, tuuut, tuuut. Gunnar hatte aufgelegt.

»Mist, Mist, Mist«, fluchte ich und berichtete Anni von meinem Telefonat mit Gunnar.

»Morgen ist Herr Bovist vielleicht schon wieder da«, sagte Anni. »Da wird er sich um Gunnar kümmern. Und du musst dich jetzt mit mir um das Kolbending hier kümmern. Ich glaube, wir haben es geschafft!«

Tatsächlich. In dem kleinen Gläschen am Ende des Schlauches hatte sich eine Pfütze gebildet.

»Viel ist es ja nicht«, bemerkte Anni.

Ich stellte den Herd aus. »Wir brauchen eigentlich nur zwei Portionen. Eine für Herrn Klein und eine für Tante Vroni«, sagte ich.

Anni fragte: »Und woher wissen wir, ob unsere Essenz funktioniert?«

Tja.

»Ich bin die Testperson«, sagte Anni begeistert. Sie hatte sich die verschwitzten Haare zu einem Pferdeschwanz gebunden. Die großen Knubbelohren leuchteten rot.

»Eigentlich hast du ja schon genug getestet«, fand ich.

»Herr Bovist hat auch alle seine Zauberkräfte getestet«, meinte Anni. »Jedenfalls als er noch jung war. Wir sollten doch wohl auch wissen, wie stark man mit dem Bärenzauber wirklich ist.«

Da hatte sie natürlich recht.

»Lass uns doch erst einmal die Pralinen füllen«, schlug ich vor. »Dann sehen wir ja, ob was übrig bleibt.«

In Papas Pralinenschachtel lagen drei hübsche, dunkelbraune Schokokugeln. »Da wird Herr Klein hoffentlich einen riesigen Appetit drauf haben«, sagte ich und nahm die erste Kugel aus dem seidigen Papier. »Bei Tante Vroni mache ich mir da weniger Sorgen!«

»Ich habe jedenfalls Appetit drauf«, meinte Anni.

»Finger weg!«, sagte ich.

Im Küchenschrank fand ich eine Schachtel hölzerner Zahnstocher. Vorsichtig bohrte ich so ein Holzstäbchen in die erste Praline. Eine glibberige Flüssigkeit tropfte heraus.

»Doch nicht so lecker«, vermutete ich und ließ den Glibber ins Waschbecken tropfen.

»In der Schachtel mit den Schläuchen lag auch so ein Pipetten-Ding«, sagte ich.

»Hä?«, machte Anni und kratzte sich am Knubbelohr.

Ich drückte ihr die Praline in die Hand und zog die Pipette hervor. Ich kannte die Dinger aus Sachkunde. Wie mit einem Miniblasebalg kann man ein Tröpfchen Flüssigkeit aufsaugen. In der Schule hatten wir das mit blauer Tinte gemacht. Aber gut.

Sehr, sehr vorsichtig drückte ich den Blasebalg zusammen und tunkte die Pipette in die Bärenstarkessenz. Und als ich die kleine Gummiblase losließ, wurde ein Teil der Flüssigkeit auch prompt mit einem schlürfenden Geräusch von der Pipette eingesogen. *Tschiiieeep!*

»Es klappt!«, rief Anni und juchzte.

Jetzt steckte ich die Spitze der Pipette in das Pralinenlöchlein. Und drückte. Die Pipette war leer.

»Hoffentlich war das nicht zu viel«, überlegte ich.

»Und hoffentlich fließt die Essenz nicht einfach wieder durch das Loch nach draußen«, sagte Anni.

Aber da gab es eine Lösung. Ich zog mein Melonenkaugummi aus dem Mund. Dann popelte ich ein klitzekleines Stückchen davon ab und stöpselte es in das Löchlein.

»Melonenkaugummi ist einfach so was von praktisch«, stellte ich mal wieder fest und wischte noch etwas Schoko über den Kaugummistöpsel. Perfekt!

Auch Anni war mit dem Ergebnis zufrieden.

Und endlich, endlich lagen drei Bärenstarkpralinen in der roten Schachtel. Bereit für unseren Zaubermeister. Und für die jammerige Gluckentante Vroni natürlich auch.

»Ich denke, wir sollten mit dem Testen des Bärenstarkzaubers noch etwas warten«, sagte ich zu Anni. »Wer weiß, was noch alles passiert. Vielleicht müssen wir unsere dritte Praline ja auch noch verfüttern?«

Anni guckte enttäuscht. »Na gut«, meinte sie schließlich. »Aber dann testen wir jetzt noch mal den Eichhörnchenzauber!« Und schon flitzte meine Freundin zum Fensterbrett und wühlte zwischen den vielen Ranken und Blättern der Kletterpflanze herum. Dann verschwand ihr Kopf in dem ganzen Grün. Ich hörte ein lautes Atmen, und Annis Kopf tauchte wieder auf. »Wenn man schon so eine tolle Zauberblume hat, muss man sie wohl auch benutzen«, erklärte sie. »Sonst ist das reine Verschwendung. Vor allem, weil sie nur noch eine Blüte hat. Und die blüht ja auch nicht ewig, wie wir wissen.«

Das stimmte natürlich. Also nahm auch ich eine große Portion Eichhörnchenduft. Sofort spannten meine Bein- und Popomuskeln sich an. Richtig irre fühlte sich das an!

»Bis morgen!«, verabschiedeten wir uns von den Zauberpflanzen. Und von Rupert, dem Wachhund. Und von Kalli, dem Zauberhasen. Der musste jetzt noch eine Nacht im Wohnzimmer verbringen. »Könntest du zur Abwechslung mal in eine Ecke kötteln?«, fragte ich ihn zum Abschied. »Und den schönen Teppich verschonen?«

Aber Kalli hörte mir überhaupt nicht zu. Sondern mümmelte an dem Grünzeug, das Anni und ich noch schnell auf der Sonnenwiese gepflückt hatten.

»Meinst du, der Pandajunge vermisst seinen Kalli?«, fragte Anni.

Tja. »Das kann ich mir schon vorstellen«, antwortete ich. »Er meldet sich bestimmt wieder bei uns.«

Dann packten wir die Pralinenschachtel ein und flitzten los. Durch den Zauber kamen wir richtig flott voran. In großen Sprüngen durchquerten wir den Tannenwald. An der Mauer erklommen wir einen großen Laubbaum. Und

hüpften von den Ästen auf die Mauer. Und wieder zurück auf den nächsten Baum. Das machte so richtig, richtig Spaß. Und deshalb sprangen wir ein Stück auf der Mauer entlang. Gut sichtbar. Aber wir passten auf. Weit und breit war kein Mensch zu sehen. Also ging es in großen Sprüngen weiter, von Ast zu Ast, und ab und zu über die Mauer bis fast zum Schuppen. Einfach weil es so, so schön war.

Aber dann sah ich Papa. Er stand auf der Leiter und rüttelte an einer langen Efeuranke.

»Anni!«, rief ich leise. »Stopp!«

Meine Freundin drehte sich zu mir um. Sie hatte Papa noch gar nicht bemerkt.

»Daaa!«, wisperte ich und zeigte in Papas Richtung.

Mit ihrem Supergehör verstand sie mich sofort. Warum hatten wir nicht an Milli gerochen? Anni und ich starteten den Rückzug. Leider mussten wir wieder bis zur Strickleiter kommen. Weil wir die auf die richtige Mauerseite hängen mussten. Für morgen. Wenn wir keinen Eichhörnchenzauber mehr intus haben würden.

Gerade als wir die Strickleiter hinter dem Efeu versteckt hatten und den kleinen Pfad in Richtung des Wohnhauses einschlugen, stürmten Finn und Jonas über die Obstwiese auf uns zu.

»Ha!«, brüllte Finn. »Jetzt haben wir euch erwischt!«

Mein armes Herz rutschte pochend bis runter in die Beine. Hatten die beiden gesehen, wie wir auf der Mauer herumgehüpft waren? Und wie wir die Strickleiter versteckt haben?

»Bei was habt ihr uns denn erwischt?«, fragte Anni.

Jonas sagte triumphierend: »Wir waren am Schuppen. Papa hat euch den ganzen Nachmittag nicht gesehen. Also haben wir uns da vorne im Gebüsch versteckt.«

Heilige Sumpfkuh! Mir wurde schlecht.

»Und weiter?«, fragte Anni.

»Von dort hat man alles im Blick«, sagte Finn und starrte Anni an. »Ihr seid nicht durch das Gartentor gekommen. Und auch nicht durchs Haus.«

»Nein!«, rief Jonas. »Ihr kamt von der Mauer!«

»Ihr seid ja super Geschichtenerzähler,« sagte Anni und zuckte mit den Achseln.

»Aha!«, machte Finn. »Und wo wart ihr dann? Und warum lauft ihr so komisch? Breitbeinig wie die Affen? Und was ist mit euren Hintern passiert?«

Erleichtert zeigte ich meinen Brüdern einen Vogel. Sie hatten keine Beweise. Nur Vermutungen. »Ihr habt eine zu wilde Phantasie«, sagte ich und zog Anni hinter mir her zum seitlichen Gartentor. Als ich mich in der Scheffelstraße umschaute, sah ich, dass die Zwillinge uns folgten. Finn tuschelte aufgeregt. Jonas nickte immer wieder.

»Spitz mal deine Riesenohren«, sagte ich zu Anni. »Die Zecken hinter uns hecken etwas aus.«

Anni schob die Regenbogenmütze nach oben. Ich starrte sie gespannt an. Nach einer halben Ewigkeit berichtete sie endlich: »Die beiden glauben, dass wir heimlich in den Garten vom gruseligen alten Mann steigen. Und Finn sagt, dass sie auch in den Garten klettern müssen. Und zwar so bald wie möglich. Jonas schlägt jetzt vor, dass sie morgen Nacht den Nachbargarten auskundschaften müssen. Wenn alle schlafen. Auch der gruselige Alte.«

Anni und ich schauten uns mit großen Augen an.

»Das darf auf keinen Fall passieren«, presste ich schließlich heraus. »Wir brauchen einen Plan!«

In dem Moment standen wir vor unserem Reihenhaus. Ich drehte mich zu den Zwillingen um. Sie folgten uns in einigem Abstand.

Anni sagte: »Wir lassen keinen in den Zaubergarten. So viel steht fest!«

Bärenstark

Donnerstag, 26. Juni
Die Zauberblumen stehen in Herrn Bovists Küche. Weil ich sie bei mir zu Hause keine Sekunde aus den Augen lassen kann. Wegen der Zwillinge!
Es geht den Blumen gut:
Milli ist zwar nicht mehr gewachsen, aber sie hält sich tapfer auf ihrem dünnen Stiel. Die kleinen Blütenblätter strahlen blau.
Die eine Blüte der Eichhörnchenpflanze ist groß und flauschig, und ihr Zauber wirkt wunderbar.

An diesem Donnerstag gab es in der Schule leider keine neuen Nachrichten. Herr Klein tauchte nicht auf, und die anderen Lehrer versuchten, das Zirkusprogramm für

Samstag auf die Beine zu stellen. Frau Kluge rannte wie ein aufgeregtes Huhn zwischen dem Besprechungszimmer und dem Lehrerzimmer hin und her. Sofie übernahm den Zauberunterricht komplett. Und das machte sie richtig, richtig toll.

Anni und ich konnten das Stoffkaninchen schon einigermaßen sicher aus Herrn Kleins Zylinder mit dem doppelten Boden zaubern.

»Wie ich Kalli herbeizaubern soll, weiß ich leider immer noch nicht«, sagte ich zu Anni, die den Zylinder für mich hielt. »Ich brauche für Riesenkalli eine Kiste oder so!«

Aber das musste warten. Weil wir ja noch ganz andere und viel wichtigere Probleme hatten. In der großen Pause versammelten sich deshalb wieder alle Kinder aus der Zaubergruppe in der Schulhofecke.

»Wie war es gestern bei Herrn Klein?«, fragte ich als Erstes in die Runde.

»Er hat gegessen«, antwortete Sedan.

»Aber nicht so viel«, erklärte Tom. »Obwohl das Essen total lecker war.«

»Wir haben die Reste gegessen«, berichtete Rana.

»Herr Klein ist aber immer noch schlapp«, sagte Ferdinand. »Und irgendwie wirkt er traurig.«

»Wir müssen heute noch mal zu Herrn Klein«, verkündete ich.

»Ich kann Essen bringen«, sagte Sedan sofort.

Das war schon mal toll.

»Außerdem brauchen wir noch massig Zauberübung«, sagte Rana.

»Am besten treffen wir uns alle bei Herrn Klein«, schlug Tom vor. »Dann haben wir zwei Zauberlehrer auf einen Schlag: Sofie *und* Herrn Klein.«

Sofie rief: »Du weißt doch inzwischen, wie Tante Vroni drauf ist! Sie erlaubt mir niemals, zu Herrn Klein zu fahren!«

Tom sagte: »Dann frag doch deinen Papa! Kann der dir nicht helfen?«

»Papa arbeitet den ganzen Tag und ist froh, dass Tante Vroni sich um mich kümmert«, antwortete Sofie. »Er hat Angst, dass sie abreist, wenn er meckert.«

»Wir brauchen dich aber«, sagte Rana. »Vor allem, wenn Herr Klein nicht fit ist.«

»Anni und ich holen dich ab, Sofie«, schlug ich vor. »Wir helfen dir mit deiner Tante Vroni. Und mit dem Zauberkasten. Ihr anderen fahrt direkt zu Herrn Klein.«

Sofie guckte erstaunt. Dann nickte sie, und ihre Augen leuchteten.

Es durfte eben mal wieder nichts schiefgehen! Die Pralinen mit der Bärenstarkessenz *mussten* einfach wirken!

Anni holte mich nach dem Mittagessen ab.

Zu Tante Vroni hatten wir es ja nicht weit. Dieses Mal kletterten wir nicht über den Gartenzaun, sondern rollten mit den Rollern bis zur Haustür und klingelten. Sofie öffnete sofort.

»Mich könnt ihr vergessen«, raunte sie Anni und mir zu. Ihr Blick sah sehr, sehr finster aus. »Tante Vroni ist heute besonders anhänglich.«

»Sofiiie!«, tönte es aus dem Wohnzimmer. »Wer ist da? Wo steckst du denn? Komm her!«

Sofie stöhnte leise.

»Oh!«, sagte Tante Vroni, als Anni und ich hinter Sofie im Wohnzimmer auftauchten. »Die kleinen Freundinnen. Wie schön!«

Ich beugte mich zu Sofies Ohr und flüsterte: »Stell schon mal deinen Zauberkasten an die Haustür. Damit wir gleich loskönnen!«

Sofie musste aus dem Zimmer. Wir konnten bei der Pralinenfütterung keine Zeugen gebrauchen!

Sofie guckte erstaunt. Also schob ich sie in den Flur und sagte bestimmt: »Jetzt mach schon!«

Anni hatte sich mit der roten Pralinenschachtel in der Hand zu Tante Vroni auf die Couch gesetzt. Jetzt hielt sie ihr eine kugelrunde Schokopraline unter die Nase. »Riech mal«, sagte Anni fröhlich. »Ein lecker Pralinchen. Selbstgemacht!«

Tante Vroni krauste schnüffelnd die Nase. »Mmmh«, machte sie.

»Mund auf, Augen zu«, sagte Anni.

Und was soll ich sagen: Tante Vroni gehorchte aufs Wort. *Schwupps*, war die Praline hinter den pinken Lippen verschwunden.

»Mmmh«, machte Tante Vroni wieder. Sie kaute und kaute. Vielleicht war der Melonenkaugummistöpsel etwas zäh. Ich vergaß vor lauter Aufregung fast zu atmen. Auch Anni starrte wie hypnotisiert unter ihrer Regenbogenmütze hervor auf Tante Vroni.

Pling! Ein Knopf sprang von Tante Vronis Bluse. Und noch mal: *Pling!*

Tante Vroni öffnete die Augen. Und guckte an sich runter. Sperrangelweit stand die Bluse jetzt offen. Ein riesiger Büstenhalter leuchtete uns lila entgegen. Und die Blusenärmel saßen an den Oberarmen plötzlich so eng, dass an den Nähten die Fäden sichtbar wurden und sich wie die Gummis von Lenis Zahnspange spannten.

»Na so was!«, sagte Tante Vroni und zog an den beiden Blusenhälften. Aber so sehr sie auch zerrte, sie bekam die Bluse nicht mehr zu. Und dann ging alles ganz schnell. Tante Vroni sprang vom Sofa und wuselte in den Flur. Dort stellte sie sich vor den bodentiefen Spiegel und starrte auf ihr Spiegelbild.

»Seltsam«, murmelte sie. »Sehr seltsam!«

Jetzt guckte Tante Vroni zu Anni und mir. Wir saßen

immer noch mit offenen Mündern auf dem Sofa und beobachteten sie. Ich merkte genau, dass es in Tante Vronis Gehirn ratterte. Hoffentlich wollte sie jetzt nicht wissen, was das für eine Praline gewesen war!

Aber genau im richtigen Augenblick polterte Sofie mit dem Zauberkasten die Treppe herunter. Tante Vroni war fürs Erste abgelenkt.

»Sofie, mein Schatz, was hast du vor?«, fragte sie.

Sofie glotzte auf Tante Vronis lila BH.

»Das ist besser als Kino«, raunte Anni.

Ich sprang auf und rief: »Wir sind gekommen, um Sofie abzuholen. Wir müssen zu unserem Rektor Herrn Klein. Der ist nämlich die Treppe runtergestürzt und sitzt einsam und eingegipst bei sich zu Hause rum. Obwohl wir gerade Projektwoche in der Schule haben und nur Herr Klein noch das Zirkuszelt beschaffen kann! Für die Zaubershow am Samstag.«

Ich musste Luft holen.

Anni sprang ein: »Außerdem brauchen wir ganz dringend Sofies Hilfe beim Zaubern. Und ihren Zauberkasten. Sie ist unsere neue Zauberlehrerin!«

Sofie nickte und guckte stolz.

Jetzt legte ich wieder los: »Unsere ganze Zaubergruppe trifft sich genau *jetzt* bei Herrn Klein. Um ihn wieder aufzupäppeln und um mit Sofie die Zaubertricks zu üben.«

Tante Vroni stemmte ihre Arme in die Hüften. *Pling!* Der vorletzte Knopf sprang vor Sofies Füße.

»Aha«, machte Tante Vroni. »Und wie wollt ihr mit dem großen Zauberkasten zu diesem Herrn Klein kommen?«

Sofie guckte zu Boden und antwortete schnell: »Den kann ich auf den Gepäckträger klemmen.«

Ich hielt die Luft an. Und starrte auf Tante Vroni. Groß und kräftig stand sie in ihrem leuchtenden Büstenhalter und der Turmfrisur im Flur.

»Ich fahre euch«, sagte sie.

Sofies Kopf ruckte nach oben. Ungläubig guckte sie erst Tante Vroni, dann mich und schließlich Anni an. Ich grinste.

»Das ist ein wirklich tolles Angebot«, sagte Anni.

»Prima«, sagte Tante Vroni mit kräftiger Stimme. »Ich ziehe mir nur eben eine andere Bluse an. Sonst fallen eurem Herrn Klein noch die Augen aus dem Kopf!«

»Wie habt ihr das gemacht?«, raunte Sofie, sobald Tante Vroni im oberen Stockwerk verschwunden war.

»Ich glaube«, sagte ich langsam, »wir haben sie einfach total überzeugt!«

Anni fügte hinzu: »Und ein bisschen Zucker war auch noch im Spiel.«

Wenige Minuten später saßen Tante Vroni, Sofie, Anni und ich in einem erstaunlich kleinen Auto. Aber die Zauberkiste und die Roller passten in den Kofferraum.

Verwandlungen

Als wir endlich in Herrn Kleins Garten standen, staunten wir nicht schlecht: Tom, Ferdinand, Sedan und Rana saßen im Halbkreis vor Herrn Kleins Sessel. Und zwischen ihnen stapelte sich dreckiges Geschirr. Mit und ohne Essensresten drauf.

»Einen schönen guten Tag«, trompetete eine gutgelaunte Tante Vroni hinter uns.

Der blassgraue Herr Klein guckte uns aus roten Augen entgegen. Doch das würde sich ja gleich ändern. Anni zückte schon die hübsche Pralinenschachtel.

Ich hielt sie am Arm fest und flüsterte: »Warte noch kurz. Wenn Tante Vroni die Pralinenfütterung mitbekommt, zählt sie noch eins und eins zusammen!«

Tante Vroni streckte Herrn Klein ihre große Hand ent-

gegen und sagte: »Ich bin Sofies Tante Vroni. Wie geht es Ihnen denn? Sie sehen ja furchtbar aus. Ganz verwahrlost! Haben Sie Schmerzen? Ich kenne mich mit Schmerzen bestens aus.«

Herr Klein guckte ganz verängstigt. Fast tat er mir leid. Aber nur fast. Er musste schließlich in Schwung kommen. Vielleicht war da eine bärenstarke Tante Vroni genau die Richtige.

Tante Vroni klatschte in die Hände. »Alle Kinder helfen nun erst einmal, hier etwas Ordnung zu schaffen.«

Da mussten Ferdinand und Tom dringend aufs Klo. Den Trick kannte ich von meinen Brüdern. Sofie, Sedan und Rana räumten mit Tante Vroni das dreckige Geschirr in die Küche.

»Wir müssen Herrn Klein noch kurz was fragen, dann helfen wir«, sagte ich schnell zur eifrigen Tante Vroni.

Anni zückte eine leckere Schokopraline. Kaum waren die anderen durch die Tür verschwunden, hielt sie die runde Kugel Herrn Klein vor die blassen Lippen.

»Wir haben dir was Feines mitgebracht«, sagte sie zu unserem Zaubermeister. »Probier mal!«

»Puh«, machte Herr Klein. »Das ist jetzt total lieb von euch. Aber Sedan hat mir von seiner Mutter wieder ein ordentliches Mittagessen gebracht. Sogar eine süße

Nachspeise war dabei. Wirklich vorzüglich. Ich bin pappsatt.«

So war das aber nicht geplant gewesen. Eine Bärenstarkpraline musste in Herrn Klein rein. Und zwar fix. In der Küche hörte ich Tante Vroni.

»Nix da!«, sagte auch Anni. »Süßigkeiten haben immer Platz. Echt. So eine Praline rutscht von ganz allein runter. Du musst eine probieren. Wir haben sie extra für dich gemacht.«

»Um dir eine Freude zu machen«, ergänzte ich.

»Mund auf!«, sagte Anni.

Ich hielt die Luft an.

Herr Klein seufzte. Und öffnete den Mund.

Schwupps, die Praline war verschwunden.

»Schnapspralinen!«, sagte Herr Klein und lachte. »Mit einer leicht pfeffrigen Note!« Ich konzentrierte mich voll und ganz auf den Rektor. Er streckte seinen Rücken durch. Sein graues Gesicht bekam rosige Backen. Und jetzt lächelte er Anni und mich an.

»Das ist aber lieb, dass ihr euch so um mich sorgt«, sagte er. »Und mich sogar mit Essen verpflegt.«

Anni und ich sagten nichts. Wir starrten einfach nur unseren Zauberlehrer an. Herr Klein zwinkerte. Sein Schnurrbart zuckte.

»Steh mal auf«, sagte Anni.

»Wieso?«, fragte Herr Klein.

»Man sollte sich viel bewegen«, antwortete Anni. »Auch mit Gipsbein. Echt! Ich weiß das. Meine Mama arbeitet im Krankenhaus!«

»Nun denn!«, sagte Herr Klein fröhlich und stemmte sich aus seinem Sessel. Ich reichte ihm die Krücken. Und was soll ich sagen: Unser Lehrer marschierte regelrecht durch das geräumige Wohnzimmer. Das Gipsbein streckte er dabei elegant von sich. *Klack, klack* machten die Krücken beim Aufkommen auf den Holzboden.

»Super!«, rief ich. »Das klappt ja wie verrückt!«

Tante Vroni und alle Zauberlehrlinge

kamen ins Wohnzimmer gewuselt. Und staunten nicht schlecht.

Tante Vroni applaudierte sogar. »Wo ein Wille ist, ist auch ein Weg!«, rief sie.

Herr Klein lachte und sagte: »Was war denn in der Schnapspraline drin? Ich fühle mich stark wie ein Löwe!«

Vor Schreck verschluckte ich mal wieder mein Melonenkaugummi. Das war langsam Melonenkaugummiverschwendung! Aber gut.

»Na, da war Schnaps drin!«, sagte Anni fröhlich zu Herrn Klein.

Und unser Rektor humpelte geschwind in den Garten und zurück.

»Herr Klein«, sagte ich, als der Zaubermeister wieder neben uns stand. »Jetzt musst du wirklich wieder in Fahrt kommen. Wir brauchen dich morgen in der Schule.«

Der Lehrer ließ sich in seinen Sessel plumpsen. »Ich weiß überhaupt nicht, wie weit die Vorbereitungen für die große Zirkusshow vorangeschritten sind«, sagte er und zwirbelte seinen Schnurrbart.

»Eben«, sagte ich. »Deshalb musst du ja morgen in die Schule kommen. Und dir einen Überblick verschaffen.«

Herr Klein guckte ganz beschämt.

Anni rief: »Und vor allem musst du das Zirkuszelt besor-

gen! Und die Popcornmaschine. Kein Kind will die große Zirkusshow in der Turnhalle aufführen!«

»Kinder, Kinder«, sagte Herr Klein und stemmte sich wieder aus dem Sessel. »Ihr habt völlig recht. Ich muss in die Pötte kommen. Ich gehe mal schnell ins Arbeitszimmer. Zum Telefonieren!«

Unser Rektor humpelte aus dem Zimmer.

»Lasst uns mit der Zauberei beginnen«, schlug Sofie vor. »Bis zur Aufführung haben wir nicht mehr viel Zeit.«

»Äh«, machte ich, nachdem ich auf Herrn Kleins große Standuhr geguckt hatte. »Leider können Anni und ich nicht mehr üben. Weil wir uns noch um eine andere und sehr, sehr wichtige Angelegenheit kümmern müssen!«

Und das stimmte: Wir mussten vor dem Abendessen Rupert und Kalli füttern. Und die Zauberblumen gießen.

»Außerdem haben wir wieder keinen Kalli zum Zaubern«, sagte Anni. »Und keinen Riesenzylinder, aus dem wir ihn rauszaubern könnten.«

Sofie überlegte: »Ein Freund aus dem Sommerzauberkurs hat eine Kiste mit doppeltem Boden. Vielleicht kann ich mir die ausleihen. Da passt Kalli bestimmt rein.«

Das hörte sich doch super an! Tante Vroni, Herr Klein und Sofie hatten das Ruder übernommen!

Also ließen wir unsere Zauberkollegen allein, holten die

Roller aus Tante Vronis Kofferraum und düsten wie der Wind durch den Stadtwald.

*

Im Garten meiner Großeltern schnippelte Papa noch immer das Grünzeug. Die Zwillinge hatten Schule. »Wenigstens müssen wir heute nicht wegen den beiden Zecken aufpassen«, sagte ich, als wir mit der Strickleiter über die Mauer kletterten und wenig später Rupert und Kalli begrüßten. Leider hatte der Riesenhase wieder alles vollgeköttelt.

»Kalli braucht einen Hasenstall«, meinte Anni, die mit ihrer gelben Handschuhhand die Hasenböllchen aufsammelte. »Sonst ist der Teppich hinüber!«

Im gleichen Moment knurrte Rupert. Tief und grollend kam es zwischen seinen Lefzen hervorgekrochen. Dann verschwand er durch die Hintertür.

Anni schob ihre Strickmütze nach oben und spitzte die großen Ohren. »Da bollert jemand an das Eisentor«, sagte sie schließlich. Ich konnte überhaupt nichts hören.

»Und jetzt ruft jemand *Konrad*«, berichtete Anni weiter.

Der ängstliche Bär in meinem Bauch machte Männchen.

»Sollen wir nachschauen?«, fragte ich Anni.

»Würde ich schon sagen!«, antwortete sie. »Aber vielleicht unsichtbar? Oder bärenstark?«

Ich überlegte. »Oder als unsichtbares Eichhörnchen. So können wir über die Mauer gucken, ohne dass die Person am Tor uns sieht!«

Anni rief: »Das ist sowieso mein absoluter Lieblingszauber!« Und schon pfefferte sie den Gummihandschuh ins Küchenspülbecken. Wir schnupperten beide richtig, richtig flott zuerst an der Kletterpflanze, dann an Milli. *Plöpp!*

In großen Sätzen rannte ich unsichtbar die Kiesauffahrt entlang.

Jetzt hörte ich das Bollern. Links der Auffahrt und ganz nah an der Mauer steht eine mächtige Kiefer. Auf die kletterte ich als flinkes Eichhörnchen. Auf einem langen Ast, der in Richtung Tor zeigte, hüpfte ich auf allen vieren vorwärts. Wieder leistete mein Popo mir hervorragende Dienste. Es war kein bisschen wackelig da oben. Als ich dann aber mit einem riesigen Satz auf die Mauer sprang, wäre ich fast abgestürzt. Vor Schreck. Weil vor dem Tor Gunnar stand, der schlaue Rotfuchs. Sein orangefarbenes

Haar leuchtete in der Sonne. Gerade tippte er auf den Zahlen des schwarzen Kästchens herum.

»Das gibt es doch nicht«, fluchte er. »Konrad muss einen neuen Code haben. Oder ist das Gerät kaputt?« Jetzt bollerte er wieder gegen das Tor. »Konrad!«, rief er dabei.

»Der liebe Konrad ist ausgeflogen«, hörte ich Annis Stimme auf der Gartenseite. Sehen konnte ich sie ja nicht, so unsichtbar.

Gunnar legte sein Ohr an das Eisentor. »Hallo?«, fragte er. »Wer ist denn da?«

»Hier ist die Putzfee von Herrn Bovist«, sagte Anni mit einer seltsam tiefen Stimme. »Der alte Herr musste leider noch einmal zum Zahnarzt. Eine Entzündung macht ihm zu schaffen. Übelst, wirklich übelst!«

Gunnar runzelte die Stirn. Und zupfte an seinem Fusselbart. Ich saß direkt über ihm auf der Mauer und hatte ihn wunderbar im Blick.

»Und wo sind die Kinder?«, fragte Gunnar schließlich. Er versuchte gerade, durch einen seitlichen Schlitz zwischen Mauer und Tor zu gucken. Der knurrende Rupert verscheuchte ihn aber schnell wieder.

»Welche Kinder?«, fragte Anni mit tiefer Stimme.

Und genau in dem Moment kam Tante Ilse den Gehweg entlang. Floh an seiner grünen Leine fing sofort an

zu kläffen, als er Gunnar erblickte. Hunde mögen den Rotfuchs einfach nicht. Ich kicherte leise da oben auf der Mauer.

»Kann ich Ihnen helfen?«, fragte Tante Ilse und guckte Gunnar misstrauisch an.

»Äh!«, machte Gunnar.

»Wollen Sie etwa Herrn Bovist besuchen?«, fragte Tante Ilse.

»Nein, nein!«, sagte Gunnar. »Ich bin hier wohl falsch.« Und schon hüpfte der lange Gunnar auf sein Motorrad und brauste die Straße runter. Tante Ilse kramte in ihrer kleinen Handtasche und zückte ein Blöckchen. Ich konnte genau sehen, wie sie sich ein paar Buchstaben und Zahlen notierte. »Nachher war das ein Einbrecher«, sagte sie zu Floh. »Wenn man das Nummernschild des Fluchtfahrzeuges hat, freut sich die Polizei.«

Aber weil genau in diesem Moment Rupert auf der anderen Seite sein *Wouuu!* hören ließ, zog Tante Ilse den kläffenden Floh schnell weiter.

»Meinst du, Gunnar hat deine Geschichte mit der Putzfee geglaubt?«, fragte ich Anni auf dem Heimweg.

»Tja«, sage sie. »Das werden wir wohl nie erfahren.«

Ich hoffte nur, dass Herr Bovist bald wieder da war!

Beim Abendessen fragte Finn: »Mama, dürfen Jonas und ich morgen Nacht im Schuppen übernachten?«

»Was?«, brüllte ich. »Auf keinen Fall!«

Mama und Papa starrten mich erschrocken an.

»Tilda-Schatz«, sagte Mama schließlich. »Du hast doch auch schon mit Anni im Schuppen geschlafen. Dann dürfen Finn und Jonas wohl auch mal dort übernachten, oder?«

»Eben!«, sagte Jonas. »Gleiches Recht für alle!«

Jetzt konnte ich überhaupt nichts mehr sagen. Mir war speiübel. Anni und ich mussten das Pflanzengeheimnis hüten. Und Herrn Bovists Zaubergarten schützen. Und unser alter Freund war noch nicht einmal da, um uns zu helfen.

Vorbereitungen

Freitag, 27. Juni

Unsere Zauberpflanzen stehen sicher in Herrn Bovists Küche auf der Fensterbank. Noch! Die Zwillinge wollen den Zaubergarten auskundschaften. Und Gunnar kratzt am schwarzen Eisentor und will rein. Aber Anni und ich werden das natürlich nicht zulassen.

Millis kleine Blütenblättchen sind schon etwas heller geworden, helles Himmelblau überwiegt.

Die einzige Blüte der Eichhörnchenpflanze hängt schwer wie ein roter Fellpuschel zwischen den langen Trieben.

Ich hoffe, die Kraft der Zauberblumen hält noch an. Wir brauchen sie unbedingt! Das Geheimnis ist in Gefahr!

»Anni«, sagte ich an diesem Freitagmorgen auf dem Schulweg zu meiner Freundin. »Wir müssen heute Nacht die Zwillinge ein für alle Mal abschrecken. So dass sie *nie mehr* in ihrem Leben über die große Mauer klettern möchten.«

Anni kratzte sich am Bauch. »Wir hetzen Rupert auf die beiden.«

»Mmmh«, machte ich. »Ich glaube nicht, dass Rupert da mitmacht. Er ist ja kein bisschen wild und gefährlich.«

Ein besserer Plan musste her, so viel war klar. Aber den verschoben wir erst einmal. Weil wir in der Schule angekommen waren. Und da war der Teufel los. Das ganze große Schulhaus summte und brummte wie ein Bienenstock.

»Guten Morgen!«, trällerte eine ungewohnt fröhliche Frau Kluge, als sie uns auf der Treppe entgegenkam. Und als wir unsere Zauberwerkstatt betraten, saß da ein breit grinsender Herr Klein mit ausgestrecktem Gipsbein am Tisch.

»Einen zauberhaften guten Morgen!«, schmetterte er uns entgegen. Sein Schnurrbart tanzte vor lauter Freude, die Schnurrbartspitzen zeigten fröhlich nach oben. An seinem knallengen, roten Hemd fehlte ein Knopf. Sehr gesund und bärenstark sah er aus, unser Zaubermeister.

Oh, wie war ich froh. Und auch Tom und Sedan jubel-

ten laut, als sie kurz nach uns ins Zimmer stürmten. Rana umarmte unseren Rektor gleich mal.

Herr Klein lachte und lachte. Schließlich rief er: »Nun setzt euch alle mal hin. Wir haben heute viel vor!«

Und dann zauberten wir. Unermüdlich! Es klappte immer besser. Nur leider konnten Anni und ich wieder nur mit dem ollen Stoffkaninchen üben. Und mit dem Zylinder. Weil echte Hasen in der Schule verboten sind. Und weil die große Hasenzauberkiste fehlte.

Kurz vor der Pause fragte Ferdinand: »Herr Klein, bekommen wir jetzt doch noch das Zirkuszelt? Und die Popcornmaschine?«

Im gleichen Moment drang ein lautes Brummen zu uns in den ersten Stock. Die Fensterscheiben vibrierten. Jemand brüllte irgendwelche Befehle. Es quietschte grell. Alle Zauberlehrlinge rannten zum Fenster. Unten auf dem Hof war eine ganze Truppe in Blaumännern im Einsatz. Zwei Männer hatten das große Schultor sperrangelweit geöffnet. Eine Frau winkte das rotweiß gestreifte Auto herein. Es zog einen vollbeladenen Anhänger hinter sich her auf den Schulhof. Dort stand schon ein kleiner Laster. Jetzt wurden alle Klappen an den Fahrzeugen geöffnet.

»Die Pimpanelli-Truppe ist da!«, rief Herr Klein winkend aus dem Fenster. Und zu uns Zauberlehrlingen sagte er: »Ja, wir bekommen das Zirkuszelt für unsere phantastische Zirkusaufführung!«

Da jubelten wir wie verrückt. Und an allen Fenstern des Schulgebäudes tauchten Köpfe von Schülern und Lehrern auf. Was war das für ein Gejubel und Geschrei! Anni musste sich ganz fest die Hände auf ihre Riesenohren pressen.

Anschließend trafen sich alle Kinder und Lehrer zur Generalprobe in der Turnhalle. Weil das Zirkuszelt da natürlich noch nicht fertig aufgebaut war. Ist ja klar, bei dem riesigen Zelt. Aber wir hörten das Klappern und Scheppern der Aufbautruppe bis in die Turnhalle. Oh, wie waren wir alle aufgeregt. Deshalb ging bei der Generalprobe leider auch ganz viel schief. Bei den Artisten klappte die Menschenpyramide kein bisschen. Und bei der Pferdenummer stürzte das letzte Pferd, ein Mädchen aus der ersten Klasse, über eine Hürde. Sogar ein blutiges Knie hatte sie. Frau Nissen klebte ein Pferdepflaster drauf, und das Mädchen hörte auf zu heulen.

Wir Zauberer kamen ganz zum Schluss dran. Als krönender Abschluss sozusagen. Leider klappten unsere

Tricks aber auch nicht so wirklich toll. Und Anni und ich hatten noch nicht mal ein richtiges Zauberkostüm an. Und der Stoffhase klemmte im Zylinder fest, so dass der Hasentrick komplett hinüber war.

»Wie sollen wir das mit Kalli hinbekommen, wenn es noch nicht mal mit so einem leblosen kleinen Stoffhäschen klappt?«, fragte ich Anni nach der Probe.

Jetzt stand unsere ganze Zaubergruppe beisammen.

»Können wir uns heute Nachmittag noch mal treffen?«, fragte Tom. »Zum Üben?«

»Ich glaub, das wäre ganz gut«, sagte Ferdinand. »Bei Sedan und mir klappt es auch noch nicht so richtig.« Sedan nickte.

Sofie sagte fröhlich: »Gut! Dann kommt alle zu mir. Um drei Uhr. Tante Vroni macht bestimmt ihre leckeren Kekse. Und wir gehen unser ganzes Programm noch mal durch. Bis dahin habe ich auch die Zauberkiste für die Hasen. Ihr müsst Kalli mitbringen!«

Kleine Glückskäfer wuselten durch meinen Bauch: Es ging Sofie richtig, richtig gut. Ganz fröhlich sah sie aus. Wir hatten ihr geholfen. Mit der Bärenstarkessenz für Tante Vroni.

Aber dann guckte ich zu Anni. Wir konnten heute Nachmittag nicht. Wir mussten in den Zaubergarten. Und einen Plan aushecken, wie wir die Zwillinge in der Nacht vom Spionieren abhalten konnten.

»Anni und ich können heute Nachmittag schon wieder nicht«, sagte ich deshalb. »Wir müssen etwas total Wichtiges erledigen. Echt und ungelogen!«

»Schon wieder?«, fragte Tom und zog seine Augenbrauen zusammen.

»Da geht es fast um Leben und Tod!«, sagte Anni mit ernstem Gesicht. »Aber nur fast!«

»Puh!«, sagte Sofie. »Dann bereite ich den Hasentrick eben allein vor. Und ihr kommt morgen früh bei mir vorbei. Da üben wir unsere Hasennummer. Alle anderen sehe ich heute Nachmittag bei mir. Bringt eure Zauberkostüme mit.«

Oje! Die Zauberkostüme hatten Anni und ich auch noch nicht auf Omas Speicher zusammengesucht!

Herr Klein kam zu uns Zauberern gehumpelt.

»Das war doch gar nicht so übel«, rief er fröhlich. »Jeder übt heute Nachmittag noch einmal fleißig. Und stellt sich ein zauberhaftes Kostüm zusammen.«

»Sowieso, Herr Klein!«, antwortete Sofie.

Beim Mittagessen verkündete ich: »Heute schläft Anni bei mir!«

»Aha!«, sagte Papa. »Wer hat das beschlossen?«

»Anni und ich«, antwortete ich. »Wenn die Zwillinge im Schuppen schlafen, ist das Haus ja fast leer.«

»So, so«, sagte Papa. Er war gar nicht bei der Sache. Weil er mit seinem Brathähnchen kämpfte.

»Heißt das jetzt ja?«, fragte ich. Schließlich musste ich Anni Bescheid geben.

»Von mir aus schon«, sagte Papa. »Ich muss heute mit dem Efeu am Schuppen fertig werden. Am besten helft ihr mir alle. Dann bin ich schneller.«

»Ich habe leider keine Zeit«, erklärte ich. »Morgen steigt unsere große Zaubershow. Da müssen Anni und ich noch üben. Und auf Omas Speicher Zauberkostüme suchen.«

Leni musste zu Antonia und konnte auch nicht helfen.

»Ihr Jungs seid aber dabei«, sagte Papa. »Zufällig weiß ich nämlich, dass bei euch heute kein Fußballtraining ansteht.« Da guckten die Jungs ganz schön finster.

Annis Mama Renate hatte nichts gegen eine Übernachtung.

»Am besten kommst du gleich her«, sagte ich Anni am Telefon. »Wir haben heute noch unglaublich viel zu erledigen.«

Und das stimmte. Es durfte mal wieder nichts schiefgehen.

»Also«, sagte ich wenig später zu Anni. Da liefen wir gerade die Scheffelstraße entlang zum Haus von Oma und Opa. »Wir kümmern uns zuerst um die Kostüme.«

»Klar wie Klößchenbrühe«, sagte Anni.

Oma zeigte uns auf dem Speicher eine Kiste mit alten Kleidern. Eine richtige Schatzkiste ist das. Und riesig ist sie. Oma klappte den Deckel auf. Ein muffiger Geruch waberte in meine Nase.

»Da war schon länger keiner dran«, sagte Oma lachend. »Opa und ich besuchten früher oft die Oper. Mit wunderschön festlicher Kleidung. Viel Spaß beim Wühlen. Ich muss den Kuchen aus dem Ofen holen.«

Omas Schritte entfernten sich polternd auf der schmalen Holztreppe.

Anni und ich wühlten uns durch die Kiste. Unglaubliche Klamotten zogen wir heraus.

»Guck mal, ein Zauberfrack«, rief Anni begeistert und zog ein samtiges Jackett heraus. Es hatte hinten zwei lange Zipfel, und als Anni es sich überzog, sah sie ein bisschen aus wie ein Pinguin.

»Wenn du die Ärmel hochkrempelst, sieht es super aus«, sagte ich. »Und du brauchst noch etwas Glitzer.«

Dann zog ich ein wunderschönes Kleid hervor. Es bestand aus vielen, vielen Schuppen. Wie bei einem Goldfisch. Und es funkelte im Licht der funzeligen Glühbirne in Gold und Silber.

»Oh, ist das prächtig!«, sagte auch Anni und klatschte begeistert in die Hände. »Zieh es mal an. Und dann musst du Herrn Kleins Zylinder auf den Kopf setzen.«

Gerade als ich mir das Glitzerkleid übergezogen hatte, rumpelte es auf der Speichertreppe. Leider waren es die Zwillinge.

»Haha, ein Pinguin und ein Glitzerfisch«, brüllte Finn und schlug sich auf die Schenkel. »Was seht ihr bescheuert aus!«

Am liebsten hätte ich meine Brüder in die große Truhe gestopft. Und sie bis zum nächsten Tag drinnen gelassen. Zwei Fliegen mit einer Klatsche sozusagen! Die Idee war gut. Die musste ich mir merken.

»Habt ihr euch verlaufen?«, fragte Anni meine Brüder.

»Wieso?«, fragte Jonas.

»Ihr wolltet doch am Schuppen Efeu schneiden«, sagte Anni und grinste breit.

»Pah«, antwortete Jonas. »Wir holen zuerst die Matratzen. Für die Schuppenübernachtung.«

»Das wird ein Spaß heute Nacht!«, ergänzte Finn, und seine blauen Augen funkelten uns an.

»Klar!«, sagte Anni. »Wenn die wilden Wölfe hinter der Mauer nicht die ganze Nacht heulen.«

Annis Augen funkelten jetzt auch.

»Haha«, machten Finn und Jonas gleichzeitig.

»Ganz klar, Wolfsgeheul!« Jonas klopfte sich an die Stirn. Aber den Zwillingen war das Lachen vergangen. Das sah ich genau. Schnell luden sie sich die Matratzen auf den Rücken und polterten die Stiege nach unten.

»Die werden ihr blaues Wunder erleben«, sagte Anni kichernd.

»Ja«, antwortete ich. »Aber wir müssen uns schlau anstellen. Die Zwillinge dürfen niemals nie merken, dass wir beide dahinterstecken. Und sie müssen so abgeschreckt werden, dass sie nie mehr wieder über die Mauer klettern wollen.«

Anni nickte.

Wir wühlten noch eine Weile in der Kiste herum. Und endlich, endlich war jede von uns mit ihrem Zauberkostüm zufrieden.

»Prächtig sehen wir aus!«, sagte ich.

»Und geheimnisvoll«, meinte Anni. »So tolle Zauberer hat die Welt noch nicht gesehen!«

Bei Herrn Bovist

An diesem Nachmittag mussten wir mal wieder sichtbar und mit Strickleiter in den Zaubergarten klettern. Weil die Zauberblumen ja in Herrn Bovists Küche standen.

»Wir gucken ganz kurz, ob Papa und die Zwillinge wirklich mit dem Efeu beschäftigt sind«, schlug ich Anni vor.

»Sicher ist sicher!«, meinte auch sie. »Ich höre sie zwar, ich kann aber nicht sagen, was sie da machen.«

Also hockten wir uns hinter einen Johannisbeerstrauch und beobachteten meine Familienmitglieder. Papa stand auf der großen Leiter und schnitt mit einer langen Gartenschere am wildwuchernden Efeu herum. Und Finn und Jonas rechten am Boden alles zusammen und türmten es auf eine Schubkarre.

»Lass uns schnell verschwinden!«, wisperte ich.

Alles ging glatt. Ein paar Minuten später standen wir vor Herrn Bovists Hexenhäuschen und begrüßten einen schwanzwedelnden Rupert auf der Wiese vor dem Haus. Und ein mümmelnder Kalli saß auch im Gras. Die grüne Haustür stand sperrangelweit offen.

»Gunnar?«, wisperte ich und zog meine Freundin am T-Shirt.

Aber da tauchte glücklicherweise Herr Bovist im Türrahmen auf und winkte uns zu.

»Herr Bovist!«, riefen Anni und ich gleichzeitig. Ich war so froh, unseren Freund zu sehen. Irgendwie guckte der alte Mann aber nicht sehr glücklich. Und als ich vor ihm stand, wusste ich auch, wieso. Auf einem Kehrblech in seiner Hand balancierte Herr Bovist ein Häufchen Hasenköttel. Tja!

»Ich habe einen unerwarteten Besucher in meinem Wohnzimmer vorgefunden«, sagte Herr Bovist und zeigte auf Kalli, der über die Wiese höppelte.

»Setz dich mal, Herr Bovist«, sagte Anni und nahm ihm das Kehrblech ab. Mit Schwung verteilte sie die Köttel über die Wiese.

Und dann saßen wir alle auf den Stufen vor der grünen Haustür, schauten Kalli beim Höppeln und Fressen zu und erzählten Herrn Bovist, was die letzten Tage so alles passiert war.

Herr Bovist staunte nicht schlecht.

»Ihr habt eine Essenz hergestellt?«, fragte er nach. »Und sie wirkt auch tatsächlich?«

Anni und ich nickten stolz mit den Köpfen. »Wir konnten ja nicht warten, bis du zurück bist, Herr Bovist«, erklärte ich vorsichtig. »Wir mussten schnell handeln. Um Sofie zu helfen. Und um die Schulaufführung und das Zirkusfest zu retten!«

»Außerdem hatten wir ein bisschen Angst vor Gunnar«, sagte Anni. »Hat er sich schon bei dir gemeldet, Herr Bovist?«

Der alte Mann nickte. »Er rief vorhin an und erkundigte sich nach meinen Zähnen.«

Da lachten wir drei wie verrückt. Bis unsere Bäuche nur so zitterten.

»Gunnar kommt nächste Woche vorbei, um das Gewächshaus zu reparieren«, erzählte Herr Bovist immer noch lachend. Stimmt, Gunnar musste Herrn Bovist helfen. Das war seine Strafe vom Kreis.

»Aber das Schlimmste steht uns noch bevor«, sagte ich. »Meine Brüder Finn und Jonas haben Lunte gerochen. Sie wollen heute Nacht im Schuppen übernachten. Um

dann über die Mauer zu klettern und deinen Garten zu erkunden. Wir müssen das verhindern. Wir brauchen einen Plan!«

Rupert gähnte. Er erkannte den Ernst der Lage kein bisschen. Trotzdem kraulte ich seinen Kinnbart. Und guckte zu Herrn Bovist. Der saß nun mit geschlossenen Augen auf der Treppe und hielt sein Gesicht in die Sonne. Hatte auch er den Ernst der Lage nicht verstanden?

»Herr Bovist?«, fragte ich vorsichtig und zupfte an seinem Blumenpulli. »Anni und ich kommen heute Nacht zu dir. Zusammen verpassen wir den Zwillingen einen Denkzettel.«

Anni meinte: »So dass sie nie wieder über die Mauer gucken!«

»Mmmh!«, machte Herr Bovist. »Um deine Brüder kümmere ich mich schon. Ihr bleibt schön in euren Betten.«

Wie jetzt? Hatte ich mich verhört? Auch Anni starrte erstaunt zu Herrn Bovist.

»Wir helfen dir«, sagte ich einfach noch einmal.

»Ich möchte nicht, dass ihr nachts allein durch die Gegend schleicht«, sagte Herr Bovist und guckte streng. »Ihr seid Kinder!«

Ich rief: »Wir sind es gewohnt, nachts durch die Gegend

zu schleichen!« Und das stimmte. Schließlich hatten wir Herrn Bovist nachts aus Gunnars Fängen befreit. »Außerdem haben wir Milli!«

Herr Bovist lächelte. »Ich weiß«, sagte er. »Ihr seid die mutigsten Kinder, die ich kenne. Aber ich schaffe das mit den beiden Jungen an der Mauer auch allein. Mir ist wohler, wenn ihr nachts in euren Betten liegt und schlaft. Ich habe die Verantwortung!«

Dann stand der alte Mann auf, guckte auf seine Armbanduhr und verkündete: »Ich bin wirklich stolz auf euch Mädchen. Ihr habt euch die Königsdisziplin des Zauberblumenunterrichts alleine erarbeitet: das Herstellen der Essenz. Das schafft ganz gewiss nicht jeder! Trotzdem müsst ihr natürlich auch die Grundlagen der Zauberblumenzucht erhalten. Schließlich steht eure Prüfung im Kreis an. Deshalb machen wir bald weiter mit dem Zauberblumenunterricht.«

Er verschwand im Haus. Anni und ich guckten uns an.

»Und jetzt?«, fragte Anni leise.

»Herr Bovist unterschätzt die Zwillinge«, raunte ich. »Mit denen wird er niemals nie allein fertig. Er ist ein alter Mann!«

»Wir haben noch eine Bärenstarkpraline«, sagte Anni.

»Stimmt!«, rief ich und umarmte meine Freundin. »Die hatte ich ja total vergessen. Herr Bovist muss die Praline futtern! Bärenstark hat er eine Chance.«

Herr Bovists Stimme wehte aus dem Hausinnern zu uns nach draußen: »Welche der Damen möchte ein Gläschen Limonade zur Abkühlung?«

Das wollten wir bei der Affenhitze alle. Wir flitzten zu unserem Freund in die Küche. Und da staunte ich nicht schlecht: Annis Eichhörnchenpflanze war enorm gewachsen. Ihre Triebe rankten sich die Vorhänge hinauf und um die Gardinenstange herum.

»Potz Blitz!«, sagte Anni.

»Die passt nicht mehr in deinen Schulranzen«, stellte ich fest.

»Ja, liebe Mädchen«, erklärte Herr Bovist. »Ihr seht hier die seltene Form der Clematis Meladusa. Es gibt nur sehr wenige Zauberpflanzen in Form eines Kletterwuchses.«

»Oje!«, rief ich im gleichen Augenblick. Hinter all dem Eichhörnchengeranke war mein Blick auf Milli gefallen. Schlaff hing sie an ihrer Stützhilfe. Die Blütenblättchen waren hellblau und leicht verkrumpelt. Arme, arme Milli. So ein Elend. »Sie stirbt schon!«

»Viel Kraft hat deine Milli wohl nicht mehr«, bestätigte

Herr Bovist und hob vorsichtig den kleinen, schlaffen Blütenkopf an. »Aber für kurze Zeit müsste man noch unsichtbar werden.«

Nachdem wir am kleinen Küchentisch Limonade und Kekse gevespert hatten, holte Anni die Pralinenschachtel aus meinem Rucksack. Die Schokokugel war etwas schmierig. Anni leckte sich die Finger ab.

»Du solltest eine Bärenstarkpraline essen«, sagte sie zu Herrn Bovist und hielt ihm die Schokokugel unter die Nase. »Die Zwillinge könnten heute Nacht ganz schön ungemütlich werden.«

Herr Bovists Nase zuckte. Und seine Augenbrauen auch. Er nahm die Praline und legte sie auf den Küchentisch. »Ich überlege es mir«, sagte er schließlich.

»Da gibt es doch nichts zu überlegen«, rief ich etwas verzweifelt. »Du willst doch schließlich die Zwillinge von deinem Zaubergeheimnis fernhalten, oder?«

Herr Bovist schmunzelte. »Jetzt macht euch mal keine Sorgen«, sagte er. »Ich werde deine Brüder heute Nacht hinter der Mauer direkt in Empfang nehmen. Mit Rupert, natürlich. Ich habe ja noch etwas Zeit, um meinen Plan genauer auszutüfteln. Und jetzt schlage ich vor, dass euer Zauberhase für die kommende Nacht eine Unterkunft im Gewächshaus bekommt. Sonst ist mein schöner Teppich

noch komplett ruiniert.« Und mit diesen Worten verschwand er im Badezimmer.

Meine Gedanken wirbelten durcheinander. »Anni«, raunte ich schließlich meiner Freundin zu. »Wir müssen heute Nacht Herrn Bovist helfen. Ob er will oder nicht. Und dazu brauchen wir Milli.«

Anni beäugte kritisch die schlaffe Blüte in ihrem Topf. »Sie sieht nicht sonderlich kräftig aus«, sagte sie. »Und ich glaube nicht, dass Herr Bovist uns Milli mit nach Hause gibt. Da ahnt er gleich, was wir vorhaben!«

»Deshalb müssen wir Milli jetzt ganz schnell und ganz heimlich einpacken«, erklärte ich leise. »Wenn wir Glück haben, merkt Herr Bovist gar nichts von Millis Abwesenheit. Er braucht heute Nacht unsere Hilfe. Da bin ich mir ziemlich sicher. Echt! Und ohne Milli schaffen wir das nicht.«

Meine Stimme kiekste etwas.

»Okay«, sagte Anni. »Schnapp dir Milli!«

Sie lief zur Badezimmertür: »Herr Bovist!«, rief sie. »Wir müssen nach Hause. Es ist schon spät! Wir setzen Kalli noch im Gewächshaus ab. Tschüüüss!«

»Auf Wiedersehen, Herr Bovist!«, rief auch ich in Richtung Badezimmer.

»Auf Wiedersehen, liebe Mädchen!«, sagte Herr Bovist mit erstaunter Stimme. Dann hörte ich die Klospülung.

»Tempo!«, zischte ich Anni zu.

Draußen stellte ich Milli in die Schubkarre. Dann schnappte ich mir Kalli und setzte ihn dazu. »Wehe, du knabberst an Milli herum!«, warnte ich den Hasen, bevor ich losrannte. So schnell man eben mit einer Schubkarre rennen kann. Rupert galoppierte in großen Sprüngen neben mir her. Anni hatte sich den Müllsack mit dem Hasenzubehör geschnappt. Und so konnten wir unserem Zauberhasen eine schöne Schlafecke mitsamt Futterplatz im Gewächshaus einrichten.

»Hier kann er wunderbar zwischen den Erdhügeln herumhopsen«, sagte Anni.

Und das stimmte. Aus einem Maulwurfshügel lugten noch der einsame Stiel und ein Blatt der Bärenstarkpflanze heraus. Ohne die Zauberblüte, die wir ja für die Essenz geerntet hatten, sah sie ganz schön traurig aus. Aber gut.

Wir verabschiedeten uns von Kalli, der schläfrig im Strohbett saß und vor sich hin mümmelte. »Bis morgen«, sagte ich. »Ruh dich schön aus. Damit du fit bist für deinen Auftritt in der größten Zaubershow aller Zeiten!«

Rupert begleitete uns bis zur Strickleiter.

»Die Sache mit der Eichhörnchenkletterei hat sich ja nicht so wirklich gelohnt«, sagte Anni und rüttelte an der Strickleiter. »Die Pflanze wuchert viel zu schnell. Wie soll man sie da transportieren?«

»Wir bräuchten eine Essenz«, stellte ich fest.

»Genau!«, rief Anni. »Dann müsste ich nicht mehr dieses wackelige Ding benutzen.«

Anni lauschte ein paar Minuten, bevor sie auf die Mauer kletterte.

»Tschüss, Rupert«, raunte ich meinem Hundefreund ins Ohr und kletterte hinter Anni her zurück in den Garten von Oma und Opa.

Beim Abendessen fragte Papa meine Freundin: »Ist dir unter dieser dicken Strickmütze nicht unglaublich heiß?«

»Es geht so«, antwortete Anni.

»Dann trägt man jetzt einfach geringelte Strickmützen im Sommer?«, fragte Papa weiter.

Leni antwortete: »Nein, die trägt man auf keinen Fall!«

Mama sagte: »Jeder, wie er will.«

»Ich finde es schick«, stärkte ich Anni den Rücken.

»Todschick«, sagte Finn.

Anni schluckte ihren Käsebrotbissen runter und schob ihre Mütze zurecht. »Das ist eine Glücksmütze. Sie hilft mir bei der ganzen Zauberei.«

Mama streichelte über Annis Mützenkopf.

Ich guckte jetzt lieber nicht zu Anni. Sonst hätten wir beide losprusten müssen. Vor lauter Lachen.

Die Zwillinge verabschiedeten sich an diesem Abend mit viel Krach und Wichtigtuerei.

»Wir werden eine spannende Nacht haben«, posaunte Finn herum. »Vielleicht begegnen wir sogar einem Gruselhasen.«

Jonas lachte.

»Denen wird das Lachen schon vergehen«, raunte ich Anni zu, als die Zwillinge endlich verschwunden waren.

Mama fragte: »Und was habt ihr beiden vor?«

»Vielleicht malen wir einen Zauberhasen in meinen Dschungel«, überlegte ich laut.

Anni fand die Idee prima. In meinem Zimmer habe ich eine ganze Wand als Dschungel angemalt. Mit vielen Bäumen und Büschen und hübschen, knallfarbigen Blüten.

Und Tiere gibt es in meinem Dschungel natürlich auch. Nur Kalli fehlte jetzt noch.

Anni und ich malten, bis es dunkel wurde. Das war eine tolle Ablenkung. Als Kalli im Dschungel an meiner Wand prangte, waren Mama, Papa und Leni leider immer noch im Haus zugange. Also mopsten Anni und ich uns schon einmal blaue und schwarze Klamotten aus dem Schrank der Zwillinge. Weil ich selbst nur bunte Kleidung trage, und die leuchtet nun mal meterweit. Und das schwarze Tuch von Mama borgte ich mir auch wieder aus, um meine hellen Locken abzudecken. Dann stopften Anni und ich Kuscheltiere unter unsere Bettdecken. Jetzt sah es im Schein meines Nachtlichtes so aus, als ob Anni und ich friedlich in unseren Betten schlummerten.

»Perfekt«, sagte ich. Meine Familie war immer noch nicht im Bett.

Wir hockten uns im Schneidersitz auf den Teppich, und Anni berichtete mir, was im Haus los war.

»Der Film ist zu Ende. Leni sagt gerade deinen Eltern gute Nacht. Und deine Mama sagt, dass Leni gefälligst noch die Chipstüte im Müll versenken soll.«

Kurz darauf hörte ich Lenis Schritte auf der Treppe.

Anni berichtete: »Dein Papa ist auch hundemüde. Von der vielen Gartenarbeit. Er will jetzt ins Bett.«

»Hoffentlich nimmt er Mama mit«, sagte ich. Mama hat das Supergehör bei uns in der Familie. Bevor sie nicht schlief, brauchten wir uns überhaupt nicht auf den Weg zu machen.

»Dein Papa ist im Bad«, sagte Anni.

Ich hörte die Klospülung. Und ich musste laut gähnen. Hundemüde war ich. Aber endlich, endlich, nach einer halben Ewigkeit, waren meine beiden Eltern im Schlafzimmer verschwunden.

»Dein Papa schnarcht schon«, sagte Anni.

»Super«, antwortete ich, »dann hat Mama ihre Ohren zugestöpselt.«

Von Leni war nichts mehr zu hören.

Anni und ich nahmen einen tiefen Atemzug aus Millis erschlaffendem Blütenköpfchen. *Plöpp!* Unsichtbar.

»Du starke, starke Milli«, sagte ich zu meiner klei-

nen Milli-Maus, bevor ich den Schulranzendeckel zuklappte.

Nur wenige Minuten später verschwanden Anni, Milli und ich in der Dunkelheit der Nacht. Die Straßenlaternen beleuchteten uns den Weg durch die Scheffelstraße.

Wolfsgeheul

Im mondbeschienenen Garten von Oma und Opa schlichen wir leise piepsend am Haus meiner Großeltern vorbei. Stockdunkel lag es da, kein einziges Licht brannte. Dann pirschten wir uns durch den finsteren Garten bis an den Schuppen heran. Die Zwillinge saßen an die Schuppenwand gelehnt. Zwischen ihnen stand unsere Campinglampe. Sie funktioniert ganz ohne Strom. Weil sie Sonnenlicht speichert. Richtig toll ist die.

»Uno!«, rief Jonas gerade.

»Los«, wisperte ich. »Zur Strickleiter. Die beiden können jeden Moment beschließen, in den Zaubergarten zu klettern.«

Ich huschte voraus. Um die Strickleiter im dichten Efeu zu finden, knipste ich die Stirnlampe an. Hurtig kletterten

wir hinüber in den Dschungel. Ich finde ja, dass es fast nichts Unheimlicheres gibt als einen dichten Dschungel bei Nacht. Überall knackst und raschelt es. Und im Licht der Stirnlampe werfen die Bäume lange Schatten. Ständig fürchtet man, dass hinter dem nächsten Baum ein finsteres Wesen hervorspringt und einen zu Tode erschreckt. Gruselig!

Aber gut, wir hatten ja keine Wahl. Und schon etwas Übung. Ich bahnte Anni und mir mit der Stirnlampe den Weg. Piepsen mussten wir nicht, weil unsere Lichtkegel gut sichtbar leuchteten und wir so kein einziges Mal ineinanderknallten. So unsichtbar. Es ging durch den Dschungel bis zum Gewächshaus. Kalli lag friedlich auf seinem Strohbett. Also weiter.

Hinter unserem großen Farn tauchten wir wieder in den Dschungel ein.

»Ich kann dich sehen«, sagte plötzlich Anni hinter mir.

Erschrocken leuchtete ich an mir runter.

»Milli hat kaum noch Kraft«, sagte ich und blieb stehen. »Das war niemals nie eine halbe Stunde.«

»Sollen wir gleich noch mal an Milli schnuppern?«, fragte Anni.

»Ich glaube, wir schleichen uns besser sichtbar an die

Mauer«, schlug ich vor. »Ich schnalle mir den Schulranzen vor den Bauch. Und lasse den Deckel offen. Im Notfall können wir dann ruck, zuck an Milli riechen.«

»Okay«, sagte Anni.

»Und du musst deine Lauscher aufstellen«, ergänzte ich. »Sobald du die Zwillinge hörst, schlägst du Alarm.«

Die sichtbare Anni nickte im Schein der Stirnlampe. Sie schob die Mütze ein Stück nach oben. Und strich sich die langen Haare hinter die Ohren. Die leuchteten jetzt wie zwei weiße Satellitenschüsseln vor dem bunten Strick.

Leise, wie Raubkatzen, pirschten wir weiter. Endlich tauchte die Mauer wie ein riesiger Schatten vor uns auf.

»Sie spielen immer noch Uno«, wisperte Anni. »Finn sagt, dass Jonas schummelt.«

»Dann gibt es gleich Streit«, flüsterte ich zurück. »Und Finn schleudert die Karten weg, weil er sauer ist.«

Wir lauschten wieder.

»Sie streiten«, sagte Anni.

»Dann kommen sie gleich rüber«, sagte ich. »Wo, zum Teufel, steckt eigentlich Herr Bovist?«

Wir versteckten uns hinter einem großen Stamm, direkt an der Mauer. Und warteten und warteten.

»Hinter uns schleicht etwas durchs Gebüsch«, wisperte

plötzlich Anni und klammerte sich an meinen Arm. Warum hatte ich die Bärenstarkpraline eigentlich nicht selbst gegessen? Oder sie mit Anni geteilt?

Urplötzlich legte sich eine schwere Hand auf meinen freien Arm.

»Uaaah!«, machte Anni. Wir fielen vor Schreck hintenüber ins Gebüsch.

»Leise!«, hörte ich Herrn Bovists sehr, sehr strenge Stimme. »Was macht ihr hier?«

Er hatte einen Strahler angeknipst. Sein riesiger und grellheller Lichtstrahl blendete mich wie verrückt.

»Hatte ich euch nicht ausdrücklich gesagt, dass ich die Angelegenheit hier alleine regeln werde?«, fragte Herr Bovist jetzt.

»Ja, ja, schon«, stotterte ich mit zugehaltenen Augen. Anni rappelte sich neben mir wieder auf. »Aber wir haben uns Sorgen gemacht. Um dich. Und um den Zaubergarten. Meine Brüder sind wirklich eine Plage. Und sie können richtige Zecken sein. Die saugen sich fest!«

»Achtung!«, raunte Anni plötzlich. »Es geht los!«

»Rupert«, befahl Herr Bovist und knipste seine Lampe aus. »Hierher!«

Ich hörte es an der Mauer scharren und knarzen. Schließlich wurde die hellleuchtende Campinglampe oben auf der Mauer abgestellt. Dann schob Finns hellgelockter Kopf sich hinterher. Vorsichtig lugte er über die Mauer.

Ich hielt vor Aufregung die Luft an. Was war Herr Bovists Plan? Rupert und er waren in die Dunkelheit abgetaucht.

Plötzlich durchzuckte mich ein Gedanke. »Anni!«, wisperte ich. »Wir müssen an Milli riechen!«

Mit zitternden Fingern tastete ich nach meiner kleinen Blume. Jetzt hatte ich die schlaffe Blüte in der Hand. Neben mir raschelte Anni.

»Gib mir deine Hand«, flüsterte ich. Anni tastete sich langsam vor, und endlich, endlich hörte ich, wie sie einen tiefen Atemzug vom Zauberduft nahm.

Die Zwillinge standen inzwischen beide auf der großen Mauer. Finn hielt die Campinglampe an seinem ausge-

streckten Arm und leuchtete in den dichten Dschungel auf unserer Seite. Schnell beugte ich mich über Milli. Von Anni sah und hörte ich nichts.

»Los!«, sagte Finn gerade zu Jonas. Meine Brüder zogen die Leiter zu sich herauf und ließen sie in den Zaubergarten gleiten. Finn wagte als Erster den Abstieg, dicht gefolgt von Jonas.

Und dann ging alles ganz schnell. Kaum hatten meine Brüder ein paar Schritte in den Dschungel gewagt, flammte Herrn Bovists Strahler auf.

»Oaaah!«, machten die Zwillinge und rissen ihre Arme vors Gesicht.

»Was habt ihr hier zu suchen!«, donnerte Herr Bovist mit lauter Stimme. Eine dicke Gänsehaut krabbelte über meinen Rücken. Obwohl ich Herrn Bovist ja kannte.

Meine Brüder standen wie versteinert.

»Eins, zwei, drei«, zählte ich leise. Und dann kam Annis und mein Einsatz. Wir heulten das schönste Wolfsgeheul aller Zeiten.

»Huhuhuuu!«, heulte ich und legte dabei meinen Kopf in den Nacken.

»Huhuhuhuuu! Huhuhuhuuu!«, machte Anni in meiner Nähe.

Wouuu! Wouuu!, fiel Rupert in unser Wolfskonzert ein.

Herr Bovist schnappte sich meine Brüder am Genick und beförderte sie in Richtung der Leiter. Ultraleicht sah das aus. Und bärenstark.

Aber viel mehr musste Herr Bovist auch nicht machen. Finn und Jonas waren aus ihrer Schockstarre erwacht und kletterten und rutschten und stolperten in einem Affentempo die Leiter nach oben. Und auf der anderen Seite wieder runter.

»*Huhuhuuu!*«, heulte ich ein letztes Mal. Dann herrschte Totenstille.

»Wo befinden sich die Wölfe?«, raunte Herr Bovist. Anni und ich schlugen uns raschelnd aus dem Gebüsch. Wir waren immer noch unsichtbar. Brave Milli!

»Das ist doch mal gutgelaufen«, flüsterte Annis Stimme. »Und auf der anderen Seite ist es mucksmäuschenstill. Ich habe nur noch die Schuppentür krachen gehört.«

»Ihr geht jetzt auf direktem Weg nach Hause«, sagte Herr Bovist streng.

»Wir waren dir doch wohl eine große Hilfe, oder?«, fragte die unsichtbare Anni. »Das war Wolfsgeheul vom Feinsten!«

Herr Bovist lachte leise. »Ja«, sagte er. »Ihr wart tolle Wölfe. Die beiden setzen hoffentlich keinen Fuß mehr in meinen Garten. Und trotzdem: Ich will nicht, dass ihr in der Nacht durch die Gegend rennt. Egal, ob unsichtbar oder nicht!«

»Du hast die Bärenstarkpraline gegessen«, sagte ich schnell zur Ablenkung.

Jetzt grinste Herr Bovist und öffnete seinen braunen Mantel. Zum Vorschein kam ein knallenger Blumenpulli. »Ihr seid wirklich großartige Zauberblumenzüchterinnen und Essenzherstellerinnen. Ich fühle mich bärenstark!«

Der alte Mann zuckte mit seinen Brustmuskeln unter dem stark gespannten Blumenstrick. Ich war schwer beeindruckt.

Und dann hatte unser Freund die beste Idee aller Zeiten. Weil er eben so bärenstark war, machte er eine Räuberleiter. In die setzte ich meinen unsichtbaren Fuß. Und Herr Bovist hievte mich mitsamt dem Schulranzen nach oben und bis über seinen Kopf. Seine Arme waren nun durchgestreckt, und ich stand auf seinen großen Händen. Jetzt konnte ich gerade so über die Mauer gucken. Der Schuppen lag dunkel unter mir. Ich zog mich auf die Mauer. Anni wurde direkt nach mir nach oben gestemmt. Die Leiter lehnte noch auf der anderen Seite.

»Gute Nacht, Herr Bovist«, wisperte ich nach unten.

»Gute Nacht, Rupert!«

Im Eiltempo und mucksmäuschenleise huschten wir die Leiter nach unten. Leider waren die Vorhänge am kleinen Schuppenfenster zugezogen, so dass ich keinen Blick auf meine Brüder werfen konnte. Auf dem Rückweg durch den Garten stellten Anni und ich die Leiter zurück in den Obstbaumgarten.

»Nicht, dass Opa oder Oma morgen früh die Zwillinge wecken wollen und sie dabei die Leiter an der Mauer entdecken«, hatte ich meiner Freundin erklärt.

Und dann huschten wir unbemerkt und piepsend durch die verlassenen Straßen bis in mein Zimmer. Der Unsichtbarkeitszauber reichte genau bis zu dem Moment, als wir uns auf unsere Matratzen fallen ließen.

»Glück am Stück!«, konnte ich gerade noch murmeln.

In dieser Nacht träumte ich wilde Sachen von Schatzkisten, Wölfen und düsteren Gestalten.

So ein Zirkus!

Samstag, 28. Juni

Millis Köpfchen hängt nach unten. Die hellblauen Blütenblättchen sind total ausgeblichen. Auch die letzte Blüte der Eichhörnchenblume ist jetzt eher dunkelbraun statt rot. Aber sie ist wunderbar kuschelweich. Wie Eichhörnchenfell, vermute ich.

Dieser Samstag war der Tag der großen Zirkusshow. Und bis vierzehn Uhr musste noch so viel vorbereitet werden.

»Mama, du darfst Anni und mich schon früh wecken«, hatte ich ihr am Vorabend gesagt.

Als Mama um acht Uhr in meinem Zimmer stand, bekam ich kaum die Augen auf.

»Guten Morgen«, trällerte Mama fröhlich. »Frühstück!«

Anni regte sich nicht. Ich kroch zur Gästematratze und rüttelte meine Freundin. Wenig später torkelten wir in die Küche. Papa hatte ein prächtiges Frühstück vorbereitet. Mit weichem Ei, Croissants und so. Ich liiieeebe Croissant zum Frühstück.

»Ich dachte, zwei Zirkusartisten müssen ja wohl was Ordentliches zwischen die Zähne bekommen«, sagte Papa. Und dafür bekam er einen dicken Kuss von mir.

Hellwach war ich dann, als Finn und Jonas in die Küche polterten.

»Ja, so was!«, rief Mama und guckte erstaunt. »Mit euch haben wir so früh noch gar nicht gerechnet!«

Jonas brummte etwas Unverständliches vor sich hin. Die Zwillinge sahen wirklich übel aus. Ganz blass. Und verstrubbelt. Anni musterte die beiden mit interessiertem Blick. Jetzt warfen sie sich auf ihre Plätze. Papa holte Teller und Besteck.

»Was ist passiert?«, fragte Mama jetzt noch einmal die stummen Zwillinge.

Anni sagte: »Die Matratzen waren ja schon für mich etwas zu kurz. Erholsamer Schlaf ist da schwierig.«

Ich durfte meine Freundin nicht angucken. Wegen dem Lachen.

»Ja«, sagte Jonas und strich sich seine wilde, hellblonde

Mähne glatt. »Wir haben kaum geschlafen. Ziemlich unbequem. Und Knox hat die halbe Nacht herumgeraschelt.«

Jetzt war auch noch Knox schuld! Er ist meine kleine Maus, und sein Mausloch hat er in die hintere Schuppenwand geknabbert.

»Also«, sagte ich. »Anni und ich werden in den Sommerferien bestimmt ein paarmal dort schlafen.«

»Vielleicht ziehen wir die gesamten Sommerferien dort ein«, sagte Anni mit strahlenden Augen.

»Oha!«, machte Papa.

Meine Brüder verschwanden recht schnell in ihrem Zimmer.

»Ich hoffe, ihr seid bis zur großen Zirkusshow wieder erholt«, rief ich ihnen hinterher.

Und Papa fragte ich: »Schneidest du heute wieder Efeu oder anderes Grünzeug?«

»Ich nehme mir heute frei«, sagte Papa. »Denn erstens bin ich an eurem Schuppen sowieso fertig mit der Schnipselei, und zweitens will ich natürlich eure Zirkusshow nicht verpassen. Da freue ich mich doch schon die ganze Woche drauf.«

»Da kannst du dich auch schon drauf freuen«, sagte Anni.

Ich erklärte meinen Eltern: »Anni und ich müssen jetzt zu Oma und Opa. Die Kostüme holen.«

Und Kalli, den Zauberhasen.

»Liebster Kalli«, sagte ich, als ich vor dem großen, weißen Hasen im Gewächshaus kniete, »jetzt geht es bald los. Und du bist bestimmt der Zirkusstar. Echt!« Ich holte meine Bürste aus dem Schulranzen, und Anni und ich kämmten sein kuschelweiches Fell, bis es nur so glänzte.

»So schön bist du«, sagte ich zum Zauberhasen und küsste ihn auf seine Hasennase. »Und jetzt dein Glitzergeschirr. Wie es sich für einen Zirkushasen gehört!«

»Guck mal«, sagte Anni. »Der Stiel und das Blatt von der Bärenstarkblume sind nicht mehr da.«

»Bestimmt die Mäuse«, vermutete ich.

Wir mussten uns jetzt beeilen. Sofie wartete schließlich mit Kuschel und der Zauberkiste auf uns.

Und weil Papa heute nicht mehr am Schuppen herumlungerte und die Zwillinge in ihren Betten lagen, wuchtete ich Kalli im Schneckentempo über die wackelige Holzleiter zum Schuppen.

»Ich hätte eine Bärenstarkpraline mal so richtig gut

brauchen können«, sagte ich und schüttelte meine Arme aus. Dann trugen Anni und ich Kalli in Opas Henkelkorb bis zu Sofies Reihenhaus. Und Sofie war vorbereitet: Sie studierte mit Anni, Kalli, Kuschel und mir an diesem Vormittag noch den besten Hasenzaubertrick aller Zeiten ein.

»Danke, Sofie«, sagte ich zu unserer Zauberlehrerin kurz vor dem Mittagessen. »Ohne dich wäre unsere Zauberaufführung komplett in die Hose gegangen!«

Ich fand Sofie richtig toll. Und ich konnte mich fast nicht mehr daran erinnern, warum ich sie mal doof gefunden hatte.

»Wir sind bereit!«, sagte Sofie und lächelte stolz.

Die Show konnte beginnen.

☆

Das Zirkuszelt sah prächtig aus. Rotweiß stand es auf dem Schulhof. Bunte Wimpel verzierten den Eingang.

»So groß wie das Zelt vom Weihnachtszirkus ist es aber nicht«, sagte Anni.

Und das stimmte. Aber es passten wirklich alle Zuschauer rein. Und es kamen sehr, sehr viele Zuschauer. In der Manege lag ein riesiger runder Plastikteppich.

Wir Zirkusartisten linsten durch den roten Samtvorhang und sahen, wie die Zuschauer ins Zelt strömten.

»Da ist mein Papa«, rief Anni aufgeregt. Sie zeigte auf einen großen schwarzhaarigen Mann neben Renate.

»Ihr seht euch aber ähnlich«, sagte ich staunend. »Und guck mal, neben Leni sitzt Tante Ilse!«

Frau Kluge scheuchte uns vom Vorhang weg. Sie trug ihren selbstgebastelten Zauberhut. Obwohl sie in der Show überhaupt nicht zaubern würde. Und noch nicht mal zaubern konnte. Aber gut.

Und dann ging es endlich los.

Herr Klein stand gipsbeinig und wackelig im Scheinwerferlicht und hielt eine sehr, sehr schöne Begrüßungsrede. Einen Ticken zu lang war sie vielleicht. Aber dann war er fertig, und die peppige Musik wurde fast vom tosenden Beifall des Publikums übertönt.

Alles klappte wie am Schnürchen. Die Turner schafften eine komplett symmetrische Menschenpyramide. Fast ohne zu wackeln. Die Pferde galoppierten mit wehenden Mähnen durch die Manege, und auch die verletzte Erstklässlerin schaffte jede Hürde als Zirkuspferd. Die Gewichte der Gewichtheber sahen tonnenschwer aus, und die Fakire liefen über ihre spitzen Scherben, ohne auch nur einmal das Gesicht zu verziehen. Die Seiltänzerinnen

fielen nicht vom Seil und sahen in dem vielen Glitzer wie Zaubervögel aus. Und die Jongleure ließen nur einmal einen Ball fallen. Aber das fiel gar nicht auf. Weil sonst alles so toll klappte.

»Wir sind gleich dran«, flüsterte Ferdinand. Er klang furchtbar aufgeregt.

Unsere Zaubershow sollte der krönende Abschluss der heutigen Zirkusaufführung sein.

»Toi, toi, toi«, sagte Herr Klein zu unserer Truppe, bevor er Rana und Tom mit ihren Karten in die Manege schickte. Einer unserer Lehrer hatte eine kleine Kamera neben dem Kartentisch aufgebaut. Jetzt konnten alle Zuschauer auf einer großen Leinwand sehen, was Rana und Tom gerade zauberten. Und sie zauberten wie verrückt. Die Zuschauer waren begeistert. Ein Opa im Publikum durfte sogar mal eine Karte aus dem Kartenstapel ziehen, heimlich anschauen und dann wieder in den Stapel stecken. Rana mischte alle Karten gründlich und zeigte dem Opa dann die Karte, die er zuvor angeschaut hatte. Toll war das.

Dann waren Sedan und Ferdinand an der Reihe. Ferdinands Wunsch, jemanden zu zersägen, hatte leider nicht geklappt. Aber dafür trennten die beiden Jungs dicke Eisenketten und zauberten sie auch wieder zusammen. Sie ließen Münzen verschwinden und zogen sie bei den Zuschauern aus dem Ohr.

Anschließend zauberte Sofie allerlei mit drei Bechern und Würfeln. Irgendwann waren alle Würfel weggezaubert, und keiner hatte gesehen, wie sie das gemacht hatte. Und – *schwupps* – waren sie wieder da.

Herr Klein raunte Anni und mir zu: »Ihr könnt euch jetzt aufstellen.«

Da wachte in meinem Bauch der kleine Angstbär auf und taperte hin und her, hin und her.

»Jetzt werde ich nervös«, raunte auch Anni.

Toll sah sie aus in ihrem schwarzen Samtfrack. Nur die bunte Zaubermütze sah nicht ganz so prächtig aus.

»Die behalte ich auf alle Fälle an«, hatte Anni gesagt, als Frau Kluge ihr den eigenen Zauberhut angeboten hatte.

Jetzt setzten wir Zauberkalli unter den doppelten Boden in die Kiste. Ich gab ihm eine dicke Karotte, und Kalli fing auch gleich zu knabbern an. Vorsichtig legte ich die Holzplatte über ihn. Und lugte durch eines der vielen Luft- und Gucklöcher. Der Zauberhase mümmelte friedlich an seiner Karotte.

»Wie im Hasenbau«, sagte Anni.

»Er sitzt ja auch nur ganz kurz da drin«, sagte ich.

Und schon ging es los. Eine geheimnisvolle Musik er-

klang. Sogar Nebel stieg aus einer kleinen Maschine. Anni und ich trugen unsere Kiste in die Manegenmitte und stellten sie vorsichtig ab. Sofie folgte uns mit Kuschel auf dem Arm. Mein Schuppenkleid glitzerte wie verrückt im Scheinwerferlicht. Als wir uns verbeugten, musste ich den Zylinder fest auf meinen Kopf drücken. Dann zeigten Anni und ich unter der kleinen Kamera, dass unsere Kiste komplett leer war. Die Zuschauer nickten. Jetzt setzte Sofie Kuschel in die Kiste. Auch er steckte in einem pinken Glitzergeschirr. Perfekt!

Ich breitete ein knallblaues, samtiges Tuch über der Kiste aus. Anni schwang den Zauberstab und murmelte einen Zauberspruch. Ein leiser Trommelwirbel erklang. Ich beugte mich über die eingehüllte Samtkiste und machte zauberhaft verschlungene Bewegungen mit meinen Armen. Über die Kiste drüber und seitlich davon. Denn jetzt musste ich unauffällig und im richtigen Moment eine dünne, fast durchsichtige Schnur ziehen. Damit sich für Kalli ein Tor öffnete. Und statt dem kleinen Kuschel – *schwuppsdiwupps* – ein Riesenhase aus der Kiste kam. Langsam tastete ich mich vor. Und was soll ich sagen: Gerade als ich die Schnur ziehen wollte, um die Klappe zu öffnen, krachte es fürchterlich in der Kiste. Urplötzlich schoss das Samttuch in die Luft. Holzstückchen purzelten auf den Gummiteppich. Und eine blaue Samtkugel schoss durch die Manege.

»Kalli!«, rief ich erschrocken. Ich wollte natürlich sofort hinterher. Aber ich verfing mich in meinem viel zu langen Glitzerfummel und knallte auf den Manegenboden. Jetzt sprintete Anni los. Das Publikum war aufgesprungen und rief aufgeregt durcheinander. Aber es kam noch schlimmer: Ein pfeilschneller Dackel Floh flitzte in die Manege und stürzte sich auf das blaue Samttuch.

»Kalli!«, brüllte ich.

»Floh!«, brüllte Tante Ilse.

Floh packte das Tuch und schüttelte es. Riesenkalli kam zum Vorschein. Ganz still und glitzernd hockte er da und betrachtete den kleinen Dackel mit dem Tuch im Maul. Floh erstarrte beim Anblick des Riesenhasen. Kalli machte eine Riesenhüpferung in Richtung Floh. Und Floh türmte. Mit Samtdecke im Maul fegte er aus der Manege, stolperte

über das lange Stoffteil, rappelte sich wieder auf und verschwand hinter dem roten Samtvorhang. Tante Ilse flitzte hinterher. »Floooh!«, rief sie.

Das Publikum grölte. Und klatschte. Und rief: »Zugabe! Zugabe!«

Ich humpelte zu Zauberkalli und hob ihn auf meinen Arm.

»Hättest du nicht eine Minute warten können?«, raunte ich ihm in sein langes Hasenohr.

Aber die Zuschauer jubelten weiter. Sie waren begeistert von unserer Show. Also verbeugten wir uns. Eine Zugabe konnte es ja nicht geben. Weil die schöne Zauberkiste völlig hinüber war.

Und dann kamen alle Zirkusakteure in die Manege geströmt und winkten zu fröhlicher Musik ins Publikum. Die Zuschauer klatschten und klatschten und hörten gar nicht mehr auf. So schön war das. Und ich war sehr, sehr stolz auf Anni, Kalli, Sofie, Kuschel und mich. Zwar hatte der Trick nicht wie geplant geklappt, aber es war trotzdem ein krönender Abschluss der Zirkusshow gewesen. Ich küsste Kalli auf die zuckende Hasennase.

Frau Kluge scheuchte uns Kinder dann wieder hinter den roten Samtvorhang. Und Herr Klein hielt seine Abschiedsrede. Ich hörte nicht mehr zu. Sondern betrachtete die zerstörte Holzplatte in unserer Zauberkiste. Es waren nur noch Holzstückchen übrig.

»Ist euer Kalli mit dem Kopf durch das Holzbrett gehüpft?«, fragte Ferdinand mit großen Augen. »Der ist ja bärenstark!«

Und da machte es in meinem Kopf *klick*.

»Anni«, raunte ich meiner Freundin ins Knubbelohr, »Kalli hat bestimmt den Stiel und die Blätter der Bärenstarkblume abgeknabbert!«

Anni machte große Augen.

Sprechen konnten wir nicht mehr, weil Herr Klein mit seiner Rede fertig war und das Publikum zu uns hinter den roten Samtvorhang stürmte. Auch meine komplette Familie versammelte sich um uns herum. Die Zwillinge stürzten sich auf Kalli. Mama und Oma küssten und umarmten Anni und mich, und Papa wuschelte uns durch die Haare.

»So toll war das!«, rief Opa und machte ein Foto.

Und Renate sagte: »Jetzt kannst du ja endlich wieder deine Mütze abziehen, Anni. Die Zauberei hat ein Ende!«

»Vielleicht morgen«, antwortete Anni und zog sich das Strickungetüm bis zu den Augenbrauen.

Und dann gab es für alle Popcorn. Und Bratwürste. Und Pommes. Ein richtig, richtig tolles Zirkusfest war das.

Natürlich musste Kalli am Ende mit zu mir nach Hause.

»Wie jetzt?«, fragte Mama. »Wem gehört denn der Hase?«

»Das ist eine lange Geschichte«, sagte ich. Und das stimmte ja auch irgendwie. »Ich erzähle sie dir noch, versprochen. Heute Nacht muss Kalli bei uns schlafen. Und Punkt.«

Das sagt Mama immer, wenn es an der Sache nichts zu rütteln gibt. So wie Mama guckte, fand sie die Vorstellung nicht so gut. Aber weil sie eine Tierfreundin ist, blieb ihr gar nichts anderes übrig.

»Dein Hase bleibt aber im Garten«, sagte sie.

»Da kommt der Fuchs«, rief ich. »Der frisst Kalli mit Haut und Haar!«

»Unsinn!«, sagte Papa. »Unser Garten ist eingezäunt. Und einen Fuchs hat bei uns im Viertel auch noch keiner gesehen. Und Punkt.«

Da konnte ich wohl nichts machen.

»Ich habe hier übrigens noch einen Brief für dich«, sagte Mama, als sie an diesem Abend zum Gutenachtkuss in mein Zimmer kam.

Matilda stand in krakeliger Schrift auf dem blauen Umschlag. Einen Absender gab es nicht. Neugierig riss ich ihn auf, sobald Mama aus dem Zimmer gegangen war.

Hallo Matilda,

Kalli ist mein Hase. Ich habe ihn vor Jahren von Opa Kurt geschenkt bekommen. Der züchtet Stallhasen. Und schlachtet sie auch. Jetzt ziehen meine Eltern und ich in die USA. Kalli darf nicht mit. Er soll zurück zu Opa Kurt. Ich habe Angst, dass Kalli vielleicht im Kochtopf landet. Es tut mir leid, wenn ihr euch vor der Pandamaske erschreckt habt. Du solltest mich nicht erkennen. Wir kennen uns nämlich, weil ich mit Finn und Jonas Fußball spiele. Und die haben mal erzählt, dass du eine Tierfreundin bist. Meine Eltern denken, dass Kalli abgehauen ist. Verrate mich nicht. Und danke, dass du dich um Kalli kümmerst. Darf ich ihn mal besuchen, wenn ich in Deutschland bin?

Steven

Oh, wie war ich froh! Ohne es zu wissen, haben wir Steven geholfen. Und Kalli natürlich auch!

Neuankömmling

Sonntag, 29. Juni

Milli sieht mausetot aus.

Ich muss sie zu Herrn Bovist bringen. Damit er ihre wertvollen Samen retten kann. Und dann bekommt die vertrocknete Milli-Maus eine wunderschöne Beerdigung. So viel steht fest!

Leider hatte Kalli am nächsten Morgen so ziemlich alle Blumen in Mamas Garten angeknabbert. Und die sind Mamas ganzer Stolz. Und ihr Hobby. Ich konnte genau sehen, dass sie sich eine kleine Träne wegwischte, als sie im Nachthemd im Garten stand und das Trauerspiel betrachtete.

Ich nahm Mamas Hand: »Du«, sagte ich, »da ist es

doch gut, dass der hungrige Riesenhase uns heute wieder verlässt!«

Mama streichelte mir über den Kopf. Und lächelte. Jetzt hatte ich sie mal richtig froh gemacht.

Nach dem Frühstück rief ich Anni an.

Die sagte als Erstes in den Hörer: »Meine Ohren sind wieder geschrumpft!«

Das waren prima Nachrichten.

»Anni, wir müssen Kalli zu Herrn Bovist in den Zaubergarten bringen«, sagte ich. »Und zwar schnell!«

»Papa ist doch da«, antwortete meine Freundin. »Und er reist heute Abend wieder ab. Wir gehen gleich zusammen in ein Restaurant.«

Na toll!

Aber dass Anni mit ihrem Papa Zeit verbringen wollte, war auch klar. Weil er so weit weg wohnt. Und sie ihn seit der Trennung ihrer Eltern kaum noch sieht.

Also musste ich mich wohl allein um die Kalliangelegenheit kümmern. Glücklicherweise waren die nervigen Zwillinge schon zu ihrem Fußballturnier verschwunden. Als Mama unter der Dusche stand, setzte ich Kalli mit

einer Karotte in meinen dunkelblauen Puppenwagen und schob ihn gemütlich bis in die Scheffelstraße. Wie leergefegt lag sie vor uns.

»Wahrscheinlich kochen gerade alle ihren Sonntagsbraten«, sagte ich zu Kalli. Wie Oma. »Oder sie sind im Restaurant.« Wie Anni.

Und weil kein Mensch zu sehen war, wagte ich es, den Code in das Kästchen an Herrn Bovists Eisentor zu tippen. Ein Puppenwagen mit Riesenhase ist ja auch irgendwie ein Notfall. Quietschend öffnete sich das schwarze Riesenmaul. Rupert kam mir auf der Kiesauffahrt entgegen. Schwanzwedelnd tänzelte er um den Puppenwagen und mich herum.

Als das Hexenhaus in Sicht kam, staunte ich nicht schlecht. Auf der sonnigen Treppe vor der grünen Haustür saß Herr Bovist. Und neben ihm die zierliche Emilia im grünen Overall. Und im Gras vor den beiden saß ein strubbeliger Junge.

»Hallo, Tilda«, sagte Emilia, und ihr Gesicht strahlte unter dem weißen Kurzhaarschnitt mit der roten Brille um die Wette. »Darf ich dir meinen Enkel Lilian vorstellen?«

Der strubbelige Junge und ich beäugten uns vorsichtig. Mein Puppenwagen wackelte. Kalli wollte raus. Ich setzte ihn neben Lilian ins Gras. Sofort knabberte der Hase an einem langen Löwenzahnblatt.

Emilia lachte ihr tiefes Lachen. »Ein Riesenhase«, sagte sie.

Lilian kraulte Kallis weiches Fell. »Dein Hase ist richtig toll!«, sagte er dann.

»Das stimmt, das stimmt!«, sagte Herr Bovist.

»Da ist es doch wohl Glück am Stück, dass dieser tolle Kallihase ab jetzt bei dir und Rupert wohnt«, sagte ich zu meinem Freund.

Herr Bovists Nase zuckte. Emilia lachte noch lauter und noch tiefer.

Aber dann holte Herr Bovist aus der Küche Limonade und Kekse. Wir saßen alle in der Sonne und hatten es richtig, richtig schön.

»Du, Herr Bovist«, fragte ich irgendwann. »Wann haben wir denn jetzt unsere nächste richtige Unterrichtsstunde?«

Ich schielte zu Lilian. Wusste der Junge von den Zauberblumen? Als Enkelkind von Emilia Knöterich ja wohl schon. Schließlich gehörte sie zum Kreis.

»Nun«, antwortete Herr Bovist. »Ihr habt doch jetzt Sommerferien. Ich würde vorschlagen, dass wir da so richtig mit dem Unterricht durchstarten. Und für die Aufnahmeprüfung üben.«

Stimmt, die Sommerferien. Die hatte ich vor lauter Aufregung ja komplett vergessen. Nur noch eine Woche Schule! Viele kleine Glückskäfer wuselten durch meinen Bauch.

Emilia sagte: »Vielleicht nimmt Lilian sogar an eurem Unterricht teil. Er weiß zwar schon sehr viel, aber bei weitem noch nicht alles.«

Aha. Die Nachricht fand ich jetzt erst mal nicht so toll.

Aber dann grinste Lilian. Seine Sommersprossen leuchteten lustig. Und seine Augen waren so grün wie die von seiner Oma Emilia.

Plötzlich freute ich mich wie verrückt auf die Sommerferien. Und auf den Zauberblumenunterricht. Und auf Lilian. Das würde bestimmt aufregend werden.

Und vielleicht wartet da ja auch schon das nächste Abenteuer auf uns? Falls ja, werdet ihr natürlich die Ersten sein, denen ich es erzähle. *Versprochen!*

Alle Bücher von Nelly Möhle

Habe ich		Wünsche ich mir
	›Der Zaubergarten – Geheimnisse sind blau‹ (Band 1)	
	›Der Zaubergarten – Abenteuer können fliegen‹ (Band 2)	
	›Der Zaubergarten – Überraschungen haben Fell‹ (Band 3)	
	›Der Zaubergarten – Freundschaft macht lustig‹ (Band 4)	
	›Der Zaubergarten – Wunder blühen bunt‹ (Band 5)	
	›Der Zaubergarten – Ferien bringen Glück‹ (Band 6)	
	›Kaya Silberflügel – Das Geheimnis der magischen Federn‹ (Band 1)	
	›Kaya Silberflügel – Auf verzauberten Schwingen‹ (Band 2)	
	›Kaya Silberflügel – Zwischen Himmel und Freundschaft‹ (Band 3)	

Deine Wunschliste bitte hier ausschneiden.

Das gesamte Programm gibt es unter
www.fischer-sauerlaender.de

AZ_Wunschzettel_Möhle / 9